www.b-books.co.kr

울트라 코리아 *LA TEEE HOMES*

1판 1쇄 찍음 2021년 6월 8일
1판 1쇄 펴냄 2021년 6월 15일

지은이 | 정사부
펴낸이 | 정 필
펴낸곳 | (주)뿔미디어

편집장 | 문정흠
기획 · 편집 | 오복실

출판등록 | 2002년 9월 11일 (제1081-1-132호)
주소 | 경기도 부천시 원미구 소향로17, 303(두성프라자)
전화 | 032)651-6513 팩스 | 032)651-6094
E-mail | bbulmedia@hanmail.net
비북스 | http://b-books.co.kr

값 8,000원

ISBN 979-11-6713-171-3 04810
ISBN 979-11-6565-919-6 04810 (세트)

정사루 현대 판타지 장편 소설
5
울트라 코리아
ULTRA KOREA
BBULMEDIA FANTASY STORY

CoNTEnTs

1. 주상욱을 찾아서

중국은 근대와 현대가 공존하는 국가다.

1990년대 초까지만 해도 중국은 한국인들에게 중공
(중국공산당)이라 불렸다.

그러던 중 등소평이 중국식 시장경제를 대표하는 흑
묘백묘론을 내세우게 된다.

즉, 검은 고양이든 흰 고양이든 쥐만 잘 잡으면 된다
는 논리를 펼치며, 중국의 사회주의 시장경제를 가장
단적으로 보여 주었다.

사회주의 경제든, 자본주의 경제든, 무엇이든 인민을
잘살게 하면 그게 좋은 것이라고 주장하기에 이르렀다.

그런 개혁 개방 정책에 힘입어 중국의 경제가 변화하기 시작하였다.

그러다 지금에 이르러선 이전의 중국(대만)을 밀어내고 중국이 되었다.

하지만 이런 중국의 경제 발전이 꼭 이로운 것만 중국인들에게 가져다주진 않았다.

사유재산이 인정되지 않던 것이 부분적으로 인정되면서 중국인들 마음속에 황금만능주의가 깊게 뿌리박히게 되었다.

그러다 보니 중국 인민들은 돈이면 무엇이든지 가능하다 믿으며 절벽을 향해 브레이크가 고장 난 기관차처럼 달려 나갔다.

최소한의 도리까지 외면하며 돈을 벌기 위해 물불을 가리지 않았다.

그로 인해 벌어진 사건 사고는 차마 믿을 수 없는 지옥을 현세에 드러내기도 했다.

하천은 무분별하게 오폐수로 오염되었고, 몇 푼의 이익을 위해 사람이 먹을 수 없는 화공약품을 이용해 불량 식품과 아기 분유를 만드는가 하면, 가짜 약, 가짜 쌀 등 여러 가지 어이없는 상품을 만들어 냈다.

그중 정말로 심각한 사건은 공산국가라 그런지, 아니면 거대한 인구 때문인지는 모르겠지만, 많은 인명을

울트라 코리아

해치기까지 했다.

더욱 황당한 것은 이런 식품들을 국내는 물론, 외국으로 수출까지 한다는 것이다.

이런 상품들은 검역이 삼엄한 선진국이 아닌, 허술할 수밖에 없는 아프리카와 같은 후진국들로 퍼져 나갔다.

그 때문에 한때 중국에서 수입한 가짜 식품이나 값싼 불량 식품으로 인해 심각한 문제가 발생하기도 했다.

그럼에도 중국은 자신들의 잘못을 인정하지 않았다.

오히려 적반하장으로 가짜를 구별하지 못하고 그것을 사들인 나라의 잘못이라는, 황당한 주장을 하였다.

이로 인해 많은 국가들은 중국하면 짝퉁(가짜)이라는 인식을 하기에 이르렀다.

하지만 이런 중국을 짝퉁의 나라라 매도만 할 수 없는 이유도 있었다.

비록 짝퉁 물건이 유통되기도 하지만, 전투기와 인공위성 등 첨단 기술이 없으면 제조가 불가능한 제품도 자체적으로 생산하고 우주에 쏘아 올리는 나라이기도 하다는 점이다.

이처럼 정말 알 수 없는 나라가 바로 중국이었다.

그런데 이를 자세히 들여다보면, 그런 첨단 제품들이 오랜 연구와 실패를 거듭하면서 쌓은 기술력이 아닌, 남의 것을 불법으로 가져다 베끼고, 혹은 훔쳐 와 짜깁기를 하여 만들었다는 것을 알 수 있다.

오랜 연구 끝에 실패와 성공을 넘나들며 기술을 습득했다면, 보다 더 안정적이고 완성된 제품을 만들어 냈을 것이다.

하나 중국이 만들어 세계에 선보인 제품들은 하나같이 다른 서방세계 국가들이 만들어 낸 것이거나 같은 공산권 국가인 러시아에서 만든 물건과 대동소이한 모습을 하면서도 그 성능에선 기존의 90%에도 미치지 못하는 저열한 것들이었다.

그러니 중국은 다른 나라 사람들에게 불량품의 천국이라는 고정관념을 심어 줄 수밖에 없었다.

*   *   *

화려한 실내.

장년의 사내들이 모여 회의를 하고 있었다.

"요즘 미국의 시선이 자꾸 홍콩으로 쏠리는데…….
일은 잘 진행되고 있는 것이지?"

진보국 중국 국가 주석의 물음에 회의실 끝자락에 앉아 있던 외교부장인 왕웨이가 대답하였다.

"물론입니다. 국가안전부장인 주레이신의 도움으로 미국을 비롯한 서방국가들은 우리의 의도를 모르고 있

울트라 코리아

습니다."

질문을 받은 왕웨이가 자신감 있는 목소리로 대답하였다.

자신의 파벌에 속한 국가안전부장인 주레이신의 이름을 언급하며 그의 공을 띄워 주었다.

"좋아. 하지만 일이 커지도로 놔두진 마."

"그건 당연한 말씀입니다."

"맞습니다. 전처럼 일이 번지면 괜히 우리의 의도와 다르게 변할 수도 있습니다."

왕웨이의 답변을 듣고 있던 그의 경쟁자 마보충이 우려를 드러냈다.

그의 말대로 미국과 서방국가들의 눈을 돌리기 위해 모의한 일이 자칫 아전인수가 되어 낭패를 볼 수도 있는 문제였다.

하지만 왕웨이는 자신의 생각을 굽힐 생각이 없는 듯 마보충에겐 시선도 돌리지 않고 진보국을 보며 대답하였다.

"홍콩의 행정 당국은 이미 당에 의해 통제되고 있습니다. 걱정하지 마십시오."

홍콩은 1839~1842년까지 치러진 제1차 아편전쟁의 패배로 영국에 영구 할양이 되었다.

뿐만 아니라 1856년에 벌어진 제2차 아편전쟁으로

인해 카오룬 반도마저 1860년 이후 영국령이 되고 만다.

하지만 100여 년이 흐른 뒤 1997년 영국으로부터 반환되었다.

영국은 이때 홍콩을 반환하면서 중국에 편입하는 것이 아닌, 이원화하여 홍콩의 민주주의를 지켜 주겠다는 조항을 넣어 중국 정부와 합의를 하고 반환하였다.

그렇지만 그러한 약속은 지켜지지 않았다.

100여 년이 넘는 세월 동안 자유민주주의를 만끽한 홍콩인들에게 중국공산당은 약속을 지키지 않고, 중국 대륙에서 그랬듯 공산주의 사상을 적용하였다.

그러면서 홍콩의 행정 당국에 자신들의 입맛에 맞는 인사를 행정장관으로 임명하기에 이르렀다.

그 때문에 자신들의 권리를 침해당한 홍콩인들이 거리에 나와 시위를 하였다.

하지만 중국 정부는 그것을 그냥 두고 보지 않았다.

홍콩 경찰로 분장한 중국의 공안들이 시위에 나선 홍콩인들을 탄압하기 시작했다.

그 과정에서 시위를 하던 사람들이 홍콩 경찰(공안)에게 진압되어 수많은 사상자가 발생하였다.

홍콩의 시위 진압이 심각한 것은 사상자들 대부분이 미성년자였다는 점이다.

물론 성인들도 있었지만, 시위대의 주축은 대학생이나 고등학생이었다. 시위를 진압하는 공안들은 성인과 미성년을 가리지 않고 중국 본토에서 하던 것처럼 공산당의 탄압에 시위하는 이들을 적으로 간주하며 무자비하게 탄압하였다.

이에 국제사회의 많은 국가들이 이를 지켜보며 중국 정부를 질타했다.

그에 중국 정부는 시위를 진압하는 것은 홍콩 행정당국이지, 자신들이 아니라는 성명을 발표하였다.

하지만 어느 국가도 이런 중국 정부의 발표를 믿지 않았다.

그리고 지금 마보충은 이전에 벌어진 홍콩 시위 진압 당시를 언급하며 왕웨이에게 딴지를 건 것이다.

하지만 왕웨이는 마보충이 생각하는 것보다 정치적 감각이 더 뛰어난 사람이었다.

홍콩 시위로 인해 중국공산당의 위신이 크게 손상을 입어 그의 입지를 위태롭게 만들긴 했지만, 결과적으로 그 문제는 시간이 흐르면서 사람들의 관심에서 사라졌다.

이를 다시 한번 활용하려는 마보충의 시도가 뻔히 보였지만, 왕웨이는 무표정으로 답변을 이끌어 갔다.

그 때문에 마보충의 시도는 실패하고 말았다.

"한 번 실패는 병가지상사라 했다. 그 일은 더 이상 언급하지 말고. 마 위원도 현재 왕 위원이 하는 일을 돕도록!"

진보국은 자꾸만 회의를 어지럽히고 있는 마보충에게 주의를 주었다.

중국공산당의 절대 권력자인 진보국의 말에 왕웨이의 견제에 열을 올리던 마보충은 순간 당황하며 조용히 입을 다물었다.

"알겠습니다."

"좋아! 그런데 천인 계획은 잘 진행되고 있는 것인가?"

천인 계획이란 중국이 2008년부터 실시 중인 프로젝트로, 과학기술 분야의 고급 인재 유치를 통해 세계 최고 과학 강국을 만들겠다는 의도였다.

하지만 막대한 자금을 동원해 선진국의 우수 연구자들이 첨단 기술을 유출하게 하는 '산업스파이 양산 계획'이라는 비판을 받기도 했다.

국가 주석인 진보국은 중국공산당을 대륙의 중심이 되도록 만든 마오 주석과 현대의 중국을 있게 만든 등소평 주석 같은 국부가 되고 싶었다.

그러기 위해 그들과 비견되는 업적을 쌓아야 한다는 생각에 주석 자리에 앉자마자 주창한 것이 있었다.

울트라 코리아

그것이 바로 공산주의의 시작인 러시아를 넘어 민주주의의 최고봉에 있는 미국과 어깨를 나란히 하겠다는 것이다.

즉, 자유민주주의를 표방하는 서방세계의 정점인 미국과 공산주의를 표방하는 러시아가 아닌, 중국이 러시아의 자리에 올라서며 민주와 공산주의를 대표하는 강력한 나라가 되겠다는 선언을 하였다.

하지만 중국은 몰락한 공산주의 국가인 러시아보다 과학기술은 물론이고, 경제마저 뒤떨어져 있었다.

어떻게 그런 러시아를 밀어내고 초강대국 미국과 어깨를 나란히 하겠다는 것인지 상무위원들과 군사위원들은 이해하지 못했다.

하지만 뒤늦게 진보국 주석의 계획을 듣고 모두 감탄하였다.

진보국이 내세운 방법은 바로 자신들이 잘하는 카피를 의미했다.

그렇다고 서방의 놀라운 기술을 돈을 주고 사와 모방하겠다는 것이 아닌, 부족한 경제력 때문에 돈이 없으니 남의 것을 불법으로 가져다 베끼겠다는 소리였다.

어차피 남의 것을 불법 복제하는 것에 거침이 없는 중국인들이다 보니, 그런 진보국의 주장은 중국 전역으로 빠르게 전파되었다.

나아가 자국 내에서만 불법 복제를 하는 것이 아닌, 외국의 기술자는 물론이고, 연구원들까지 납치해 와서 회유를 통해 중국으로 끌어들였다.

이는 불법 복제만으로는 제대로 된 물건을 만들지 못하는 중국인들의 기술력 한계를 스스로 통감했기에 세운 계획이었다.

처음에는 이 천인 계획이 꽤나 잘 들어맞았다.

민주주의 국가라고 욕심 없는 사람은 없고, 불법적인 일을 하는 양심 없는 지식인이 없는 것도 아니었기 때문이다.

국가의 연구비를 받아 국책 연구를 하던 과학자나 기술자 혹은 연구원들을 포함하여, 국가의 근간이 되는 전략 자산까지 돈만 된다면 팔아넘기는 이들이 많았다.

실제로 그런 인재들을 많은 연봉과 연구비 지원을 약속하고 자국으로 끌어들인 중국 정부는 많은 성과를 이루었다.

빠른 시간에 넓은 중국 대륙을 횡단하는 초고속 열차가 개발되고, 첨단산업으로 일컬어지는 반도체와 스마트폰이 중국 내에서 만들어졌다.

뿐만 아니라 조선과 항공 분야에서 크게 발전하며 자체적으로 항공모함도 만들었고, 전투기와 탱크는 물론, 우주 로켓까지 만들었다.

물론 그 과정에서 많은 부작용이 있었지만, 진보국이
나 중국을 움직이는 상무위원들은 전혀 신경 쓰지 않았
다.

　나라가 발전하는 것이 눈에 보였기에 작은(?) 부작용
정도는 고개를 돌려 버렸다.

　그것이 작은 부작용일지 현재의 이들은 물론, 중국인
들도 모르고 있었지만 말이다.

　"그런데 미국과 영국에서 눈치를 챈 것 같습니다."

　"…설마?"

　"그 정도까지는 아니니 아직까진 크게 걱정할 건 없
지만, 앞으로는……."

　"그래. 하기는 지금까지 미국의 눈을 피한 것만으로
도 하늘이 우리를 돕는 것인지 모를 일이지."

　주레이신의 대답을 들은 진보국은 세계의 정보를 대
부분 알고 있는 미국의 눈을 지금까지 속인 것만으로도
다행이라 생각하였다.

　미국은 군사력뿐만 아니라 정보력 또한 세계 제일이
었다.

　대외적으로 알려진 정보기관만으로도 CIA를 비롯한
FBI가 있고, 군사 분야에서는 국방부로 알려진 펜타곤
산하 DIA와 각 군의 정보 부대가 있으며, 산업부 부문
에도 알려지지 않은 여러 조직이 있다.

이런 정보기관에서 취득한 정보를 통합하여 국가 안보와 운영에 사용을 하고 있다.

이런 미국에게 가장 위협이 되는 나라가 예전에는 냉전의 대척점에 있던 소련(러시아)이었다면, 현재는 중국이다.

16억의 인구를 무기로 무섭게 성장하고 있는 중국은, 세계 경찰을 표방하는 미국에게 상당한 위협으로 다가오고 있었다.

무리한 경쟁으로 경제가 무너지고 소련이 붕괴하면서, 그 자리는 잠시 공백이 되는 듯했지만 어느새 중국이 제2의 소련이 되어 미국과 함께 G2라 불리게 되었다.

물론 깊게 따져 보면 미국과 경쟁하기에는 한참이나 멀었지만, 겉으로 보이는 규모면에서는 결코 무시할 수 없을 만큼 큰 것이 사실이기도 했다.

그 때문에 미국과 서방국가들은 급격히 성장하는 중국의 모습에 긴장하지 않을 수 없었다.

그 성장의 배경에는 자신들의 이득을 침해하는 것이 있었다.

지적 재산권을 인정하지 않는 중국으로 인해 서방세계의 많은 기업들은 자신들의 돈과 피와 땀, 그리고 시간을 들여 개발한 상품들이 불법으로 도용되는 사례가

울트라 코리아

많아졌다.

이에 미국과 서방세계 국가들이 힘을 합쳐 중국을 견제하기에 이르렀다.

그러자 중국도 어쩔 수 없이 다른 나라의 기업들이 개발한 지적 재산권이나 상표권들을 인정해 주기 시작했다.

그도 그럴 것이, 중국의 경제가 발전하면서 내수는 물론이고, 수출도 해야 하는 단계에 올랐기 때문이다.

만약 국내 경제가 발전하지 못했다면 중국 정부는 아직도 상표권이나 지적 재산권 등을 인정하지 않았을 것이다.

"잘 숨겨 두고 있으니 의심은 하겠지만, 직접적으로 조사하겠다고 나서지는 못할 것입니다."

주레이신이 자신감 있는 목소리로 대답하였다.

천인 계획의 주무 담당은 아니지만, 국가안전부의 수장으로 그가 하는 일이 외국의 정보를 수집하고 국내의 정보를 보호하는 일이기에 그 또한 천인 계획에 한 발을 걸치고 있다고 볼 수 있었다.

"좋아. 조금만 더 노력하면 우리도 저 오만한 미국과 어깨를 나란히 할 수 있는 날이 올 것이야!"

"맞습니다. 위대한 중국을 우리의 손으로 만들 수 있습니다."

진보국의 말이 끝나자, 회의실 안에 있던 상무위원들과 국무위원들의 입가에 미소가 걸렸다.

＊　　　＊　　　＊

수호는 둘째 큰아버지의 납치를 지시한 심양컴텍의 주상욱을 찾기 위해 중국까지 날아왔다.

하지만 그의 자취는 북경에서 지린성으로 간 것 외에는 찾지 못했다.

그 때문에 수호는 어쩔 수 없이 그의 발자취를 따라 지린성의 장춘시까지 왔다.

그런데 그곳은 지린성의 주도임에도 불구하고, 중국의 나른 대도시에 비하면 그리 발전되었다고 보기가 힘들었다.

특이한 것은 이곳 장춘시에 중국 최초의 자동차 공장이 세워졌다는 점이다.

더불어 기계, 화학, 전기, 유리, 그리고 식품 가공 공장까지 이곳에 있었다.

그런데 아이러니하게도 특산물은 인삼과 녹용, 담비 가죽 등이었다.

그러다 보니 정보 처리를 위한 전산화도 제대로 되어 있지 않았다.

"하, 이거 막막하네."

수호는 북경의 초고속 열차 터미널에서 주상욱의 흔적을 발견하고 이곳 장춘까지 쫓아왔는데도 결국 그를 찾지 못하자 짜증이 일었다.

중국도 경제가 발전하며 전산화가 잘 되어 있을 것이라 예상하고 조금 여유를 두다가 이렇게 낭패를 보게 된 것이다.

아니, 자신의 능력과 자신을 보조하는 슬레인의 능력을 너무 확신한 것이 이런 황당한 일을 겪게 한 것이다.

슈퍼컴퓨터에 준하는 지적 능력을 가지고, 또 지구의 어느 인공지능 컴퓨터의 성능을 능가하는 초지능의 인공지능 생명체 슬레인이라면 못 갈 곳이 없고 알아내지 못할 것이 없다고 자신했다.

하지만 이렇게 슬레인의 침투가 불가능할 정도로 전산망이 끊긴 곳이라면 어쩔 도리가 없었다.

사실 중국은 세계에서 감시 카메라가 가장 많이 설치된 나라다.

즉, 도시 어디든 슬레인이 작정하고 침투를 한다면 그 눈을 피할 길이 없다.

그런데 수만, 수십만의 감시 카메라가 설치되어 있다고 해도, 카메라와 서버를 연결하는 케이블이 끊겨 있거나 장애가 있다면 슬레인으로서도 도저히 방법이 없는 것이다.

다른 우회 회선이 있지 않는 이상 전자, 통신 부분에서 만능에 가까운 슬레인도 별수 없다는 말이다.

그 때문에 이곳 장춘시까지 주상욱의 뒤를 밟았지만, 그의 흔적을 그만 놓치고 말았다.

[주인님, 죄송합니다.]

슬레인은 자신의 능력이 미치지 못해 주상욱의 흔적을 놓친 것이 미안한지 수호에게 잘못을 빌었다.

"아니야. 내가 상황을 너무 낙관적으로 판단한 것 같아."

그랬다.

수호는 둘째 큰아버지의 납치 사건이 있은 지 한 달 정도 시간을 두고 자신의 주변을 단단히 보안한 후 주상욱을 쫓았다.

만약 그렇지 않고 주상욱의 뒤를 바로 쫓았다면, 상황은 다르게 흘러갔을 것이다.

한 달 전, 주상욱이 상하이를 통해 다시 북경으로 간 것을 알고 바로 그곳으로 날아갔더라면, 아마 그가 장춘으로 도망치기 전이나 그 중간에 붙잡았을 수도 있었다.

하지만 한 달 동안 수호는 혹시나 있을지 모르는 제2, 제3의 납치 사건 때문에 SH화학 주변에 안전장치를 마련하느라 골든 타임을 놓쳤다.

한 달이라는 시간 때문에 주상욱은 뒤를 쫓는 수호에게, 아니, 정확하게는 슬레인의 추적에서 벗어나 버렸다.

이는 수호나 슬레인이 중국의 정보 시스템을 이해하지 못했기 때문에 벌어진 일이었다.

한국이나 선진국들은 보안 카메라가 설치되고 정보를 수집하게 되면 그것을 보관하는 최소 보유 기간이란 것이 있다.

이런 기간이 있는 이유는 혹시나 발생한 범죄나 사고에 대한 정확한 조사를 위한 것이다.

이것은 의무적으로 시행되는 것이고, 만약 이런 의무 보유 기간을 지키지 않았을 시 법적인 처벌을 받을 수도 있었다.

중국의 경우도 의무 보유 기간이란 것이 있기는 하지만 잘 지켜지지 않았다.

정보를 취득하고 보관하려면 서버가 있어야 하고, 이를 유지하기 위해 월 몇 백에서 몇 천만 원에 이르는 비용이 발생하게 된다.

그렇기에 정보를 계속 보관하지 않고 일정 기간만 저장한 후, 시간이 지나면 지우고 다시 새로운 정보를 보관하는 시스템이다.

그런데 중국은 이런 비용을 줄이기 위해 보관 기간을 턱없이 줄여 버렸다.

물론 그런 것이 나중에 문제가 될 수도 있지만, 당장 돈도 되지 않고 도리어 돈을 써야 하는 입장이니 중국인들 상황에선 그것이 돈을 버리는 일이라 생각하고 나중에 문제가 되어도 돈을 써서 무마할 수 있다고 생각한 것이다.

그러니 보유 기간이 한국에 비해 턱없이 짧거나 아예 형식적으로 CCTV를 설치해 놓은 곳이 태반이었다.

특히, 북경을 지나 지방 도시로 갈수록 그런 현상이 두드러졌다.

그렇게 중간 중간 정보가 끊기다 보니, 대도시 장춘시까지 와서는 그만 흔적을 놓친 것이다.

"일단 호텔로 가서 생각해 보자."

주상욱의 흔적을 놓쳤으니 현재 수호가 할 수 있는 일은 없었다.

'내가 너무 자만했어.'

일단 장춘시에 도착하였으니 숙소를 먼저 구해야만 했다.

그리고 도망치는 주상욱이 어떻게 행동했을지 궁리해 봐야 했다.

현재 그의 흔적을 찾을 길이 없으니, 무리란 생각은

들지만 다른 방법이 없었다.

*　　　　*　　　　*

쿵쿵쿵쿵!

시끄러운 음악 소리가 사방에 울리고, 많은 젊은이들이 어두운 실내에서 요란하게 번쩍이는 조명 아래 몸을 흔들고 있었다.

저벅저벅!

양정은 자신이 운영하는 나이트클럽의 실내를 돌아보며 미소 지었다.

"오늘 매출은 어때?"

뒤를 따르는 부하에게 물었다.

주말이다 보니 평소보다 더 많은 수의 고객들이 찾아들어 나이트클럽 안은 콩나물시루처럼 인산인해를 이루고 있었다.

"룸은 물론이고, 테이블까지 모두 꽉 찼습니다."

"그래?"

한한령(한류 제한령)에도 불구하고 그가 운영하는 나이트클럽은 한국 가수들의 노래를 틀고 있기에 다른 곳보다 중국의 젊은이들이 많이 찾았다.

그도 그럴 것이, 누가 하지 말라고 말리면 더 하고 싶은 것이 인간의 본성이기 때문이다.

그런데 한국의 가수들이 부르는 노래는 자국의 가수들이 부르는 노래보다 훨씬 세련된 느낌을 주기에 젊은 층에서는 한국 가수들의 인기가 꽤 높았다.

비록 100% 알아듣는 것은 아니지만, 노래 가사를 알아야 춤출 수 있는 것은 아니다 보니 이곳 클럽을 찾는 젊은이들에게는 보다 세련된 한국 노래를 틀어 주는 다른 클럽보다 춤추기 좋고, 또 유행을 앞서간다는 생각에 이곳을 빈번하게 드나들었다.

'한한령은 시발, 그걸 따른다고 내게 돈을 벌어 줘! 어떻게든 돈만 많이 벌 수 있으면 그게 장땡이지.'

정부의 지시를 따르는 것보다 이렇게 돈을 버는 것이 최고라 생각하는 양정은 속으로 그렇게 되뇌었다.

"형님, 주 사장이 기다리고 있습니다."

양정의 오른팔인 장린이 조심스럽게 다가와 귓속말을 하였다.

바글거리는 클럽 안을 비릿한 미소로 지켜보던 양정은 장린의 보고에 얼른 정신을 차리고 그를 돌아보았다.

"주 사장? 어느 주 사장?"

그 말에 양정은 누구를 말하는지 몰라 물었다.

그러자 장린이 무표정으로 대답하였다.

"한국에서 온 주상욱 사장이 기다리고 있습니다."

"아, 한국 주 사장."

양정은 그제야 장린이 말한 주 사장이란 존재의 정체를 상기했다.

그러면서 조금 전 클럽 안을 보던 부드러운 눈빛에서 차갑게 식은 날카롭고 매서운 눈빛으로 바뀌었다.

"알아봤어?"

주상욱이 기다리고 있다는 보고에 양정은 클럽 복도를 걸으며 물었다.

"예. 그런데……."

장린은 굳은 표정으로 그동안 그의 지시에 따라 조사하던 것을 보고했다.

하지만 그 내용이 가볍지 않았다.

비록 이곳 장춘시가 중국의 다른 주요 도시들에 비해 낙후된 것은 사실이지만, 그래도 한 지역을 지배하고 있는 조직이다 보니 정보력이 결코 떨어지지는 않았다.

더욱이 양정이나 장린이 속한 흑룡강파는 다른 지역에서 흘러들어 와 지린성의 주도인 이곳 장춘시에 자리를 잡았다.

그렇기 때문에 결속력은 물론이고, 더욱 막강한 정보력을 쥐고 있었다.

그런 것이 있어야 다른 지역에 자리를 잡고 지배 세

력으로 커질 수 있었다.

*　　　　*　　　　*

"여기까지 또 어쩐 일이시오?"

양정은 이곳에 오기 조금 전까지 장린에게 보고받았음에도 아무 내색 없이 주상욱을 향해 인사하였다.

"이렇게 늦은 시간에 찾아와 실례합니다."

주상욱은 자신을 향해 인사하는 양정에게 고개 숙여 마주 인사했다.

사실 깡패인 양정이 주로 활동하는 시간이 이런 밤늦은 시간이다 보니, 누구라도 그를 찾아오는 것이 늦을 수밖에 없다.

그럼에도 주상욱은 예의를 찾으며 자신의 실례에 대해 사과하였다.

하지만 속으로는 그럴 마음이 전혀 없었다.

"제가 부탁한 일은……."

한 달 전 대림동의 흑사파에 의뢰한 SH화학 사장 납치 사건의 배후인 그는 일이 실패하자마자 뒤도 돌아보지 않고 중국으로 밀항을 했다.

그러면서 그 사건이 어떻게 진행되고 있는지 알아보기 위해 양정에게 부탁을 하였다.

물론 부탁이라고 하지만, 이것은 엄연히 의뢰였다.

돈이 오가는 일이기에 당연한 것이다.

아무리 오래 알아오고 또 교류를 했다고 하지만, 양정은 주상욱이 속한 조직의 조직원도 아닌 거래를 하는 파트너였다.

필요에 의해 의뢰하고 결과를 받아 보는 사업상의 관계자인 것이다.

주상욱이 이렇게 사건의 경위와 그 뒷이야기를 알아보려는 것은 현재 그의 자금줄이 꽉 막혔기 때문이다.

처음 회사 총무부를 통해 도피 자금을 마련한 것 중 상당 부분이 동결되었다.

혹시나 싶어 중국으로 넘어오자마자 인출한 적은 금액만이 활용할 수 있는 전부였다.

그런데 이상한 것은 회사 직원들은 물론이고, 자신의 와이프마저 알지 못하는 비자금까지 막혔다는 점이다.

그 때문에 이곳에 오자 양정을 통해 어떻게 된 것인지 조사를 의뢰하였다.

"실례라고 할 것까지야."

양정은 느긋하게 대답하다 말고 주상욱의 두 눈을 지그시 쳐다보았다.

"무슨 하실 말씀이라도?"

아무 말 없이 자신을 쳐다보는 양정의 모습에 주상욱

이 살짝 긴장하며 물었다.

아무리 오랫동안 자신과 거래를 한 사람이라고 하지만, 상대는 이곳 장춘에서 알아주는 깡패 두목이었다.

만약 이곳이 한국이었다면, 주상욱도 양정이 자신을 노려보는 것에 그리 크게 부담을 느끼지는 않았을 것이다.

하지만 이곳은 한국이 아닌 중국이고, 이곳에서는 한 해 수만 명의 사람들이 실종된다.

그중 외국인 관광객의 실종 사례도 몇 천 건에 이른다.

이런 사정을 알고 있는 주상욱이다 보니 어찌 두려움이 없을 수 있겠는가.

"그런데 주 사장님께선 도대체 누굴 건드린 것입니까?"

양정은 단도직입적으로 물었다.

장린을 통해 그가 한국에서 무슨 일을 벌인 것인지 들었지만 잘 이해가 되지 않았기 때문이다.

어떤 기업의 사장을 납치하다 그것이 실패한 것까지는 이해되었다.

솔직히 자신도 그와 비슷한 일을 벌인 적이 한두 번이 아니기 때문이다.

이권에 욕심이 생겨 당사자나 그 가족을 납치하고 협

박을 통해 이권을 가져와 양정은 지금의 자리까지 올라왔다.

그렇기 때문에 주상욱이 어떤 일을 했는지 크게 관심이 있지는 않았다.

그저 자신에게 돈을 가져다주는 인물이니 거래를 했을 뿐이다.

한데 자신을 통해 사람을 소개받은 주상욱이 한국에서 기업인 하나를 납치했다가 일이 틀어져 이곳까지 도망쳐 왔다.

그렇다면 그 일이 큰 이슈가 되어 자신이 소개한 사람들도 큰 피해를 입었을 것이라 생각했다.

그런데 알아보니 또 그렇지도 않았다.

그에 이상한 생각이 들어 좀 더 깊게 조사해 보라 하였고 오늘 그 보고를 받았다.

하지만 보고를 받은 양정이 이해되지 않는 것이 하나 있었다.

자신이 소개한 동생들이 사업가 납치 실패를 했음에도 불구하고 아무도 구속이 되지 않았다.

뿐만 아니라 세력을 확장하고 있었다.

참으로 이상한 일이 아닐 수 없었다.

그런 일이 있는데 한국 공안(경찰)들이 외국인 조직을 그냥 둔다는 것도 이해되지 않았고, 세력 확장을 해도 그것을 두고 본다는 것은 정말 말이 되지 않았다.

그러면서도 어떻게 알았는지 납치 배후인 주상욱에 대한 지명 수배와 자금 동결을 하고 있다는 것이다.

그것도 다른 비슷한 사건에 비해 너무 신속하게 이루어졌다.

자신이 알기론 주상욱 사장도 뒤를 봐주는 조직이 있어 만만한 사람이 아니었는데, 어떻게 그런 일이 벌어질 수 있는지 도저히 이해할 수 없었다.

한편, 양정이 자신을 보며 누굴 건드렸는지 물어보자 주상욱은 순간 숨이 턱 막혔다.

'뭐지!'

주상욱은 순간 위기감을 느꼈다.

전에 흑사파에게 SH화학의 사장을 납치하라고 의뢰한 뒤, 사무실 맞은편에 있는 카페에서 지켜보다 이상함을 느껴 도망친 생존 본능이 깨어났기 때문이다.

'위험하다.'

자신이 지금 위험하다고 느낀 주상욱은 어떻게 이곳을 빠져나갈 것인지 궁리하기 시작했다.

자칫 말실수를 하다가 이곳을 빠져나가지 못할지도 모른다는 생각이 들었다.

위기감이 느껴지자 주상욱은 표정을 고치고 태연하게 이야기하였다.

"신생 기업 하나가 획기적인 신제품을 개발했기에 그것의 판매권을 가져오기 위해 일을 좀 하다……."

진실과 거짓을 섞어 이야기하였다.

남을 속이기 위해 100% 거짓말을 하는 것은 불가능하고, 오히려 거짓이 들통 나게 된다.

그러니 진실 속에 적당한 거짓을 섞는 것이 남을 속이는 데 가장 좋았다.

"호오, 그런 물건이 한국에서 개발되었다는 말입니까? 역시나 한국은 대단한 기술 선진국이군요."

양정은 이미 보고를 받아 다 알고 있음에도 처음 듣는 것처럼 대답했다.

그러면서 조금 전 주상욱이 말한 물건에 대한 욕심이 그의 가슴속 깊은 곳에서 스멀스멀 피어났다.

2. 사고를 목격하다

글로리아.

커다랗게 영어로 쓰인 네온사인 간판은 주변에 있는
어떤 상점의 것보다 크고 화려했다.

수호는 가던 걸음을 멈추고 글로리아 클럽이라는 간
판을 쳐다보았다.

"여기군."

중국으로 도망친 주상욱과 자신의 둘째 큰아버지의
납치를 주도하던 대림동의 조선족 폭력 조직인 흑사파
의 접점인 흑룡강파의 중간 간부, 양정이 운영하고 있
는 업소다.

한국뿐 아니라 전 세계에 퍼져 있는 깡패들이나 범죄 조직들이 돈을 벌기 위해 손을 대는 사업이 바로 마약과 술, 그리고 매춘이다.

이중 가장 돈이 되는 것은 역시나 마약이고 그다음으로 돈이 되는 것이 술과 매춘이다.

저비용 고효율의 사업으로, 자금이 별로 들지 않으면서도 많은 수익이 보장된, 하지만 그만큼 위험한 것이 바로 이런 불법적인 사업이었다.

하지만 조폭들로서는 어쩔 수 없었다.

머리에 든 것이 없으니, 가장 손대기 쉬운 것이 여자와 술이기 때문이다.

비록 정부에서도 마약을 엄중히 단속하고 있지만, 돈의 유혹을 뿌리치지 못하는 깡패들이 죽을 줄을 알면서도 불속으로 뛰어드는 불나방처럼 마약을 유통시키곤 했다.

수호가 조사한 바에 의하면, 이곳 글로리아 클럽 또한 술과 여자, 그리고 마약까지 불법 유통을 하고 있었다.

특이한 점은 흑룡강파가 마약 유통하는 걸 지린성 당국은 물론이고, 흑룡강파가 퍼져 있는 지역 행정당국도 파악하고 있지만, 이들을 잡아들이지 않고 그냥 두고 있다는 것이다.

마약 유통을 하다 걸리면 중국공산당에선 무조건 사형이다.

한국이나 서방세계처럼 변호사를 선임하고 죄의 유무를 판단하는 재판을 하는 것이 아니라 형식적인 재판만 하고 속전속결로 사형을 언도하였다.

몇몇의 예외가 있기는 하지만 그런 자들은 거의 대부분이 공산당 간부들의 자식들이거나, 아니면 공산당에 협조하는 유명 인사들뿐이다.

그렇지만 흑룡강파는 이런 부류에 속하지도 않으면서 이상하게 아무런 처벌을 받지 않았다.

수호는 이런 점에 흥미가 생기기도 했지만, 자신의 목적은 그런 것을 밝히는 것이 아닌 둘째 큰아버지를 납치 의뢰한 주상욱의 행방을 찾는 것이기에 그냥 무시하고 넘어가려 했다.

그 때문에 뭔가 이상함을 느끼면서도 수호는 애써 그런 걸 배제하고 주상욱의 행방을 찾기 위해 그와 접점이 있는 양정을 찾아왔다.

수호가 그렇게 글로리아 클럽 앞에 도착한 뒤로도 수도 없이 많은 사람들이 그를 지나쳐 그 안으로 들어갔다.

그런데 클럽으로 들어가는 대부분의 젊은 사람들이, 클럽 앞에서 글로리아 클럽 간판을 보고 있는 수호를 한 번씩 쳐다보다가 들어갔다.

　이곳 클럽을 찾는 젊은이들은 그래도 이곳 장춘시에서 혹은 인근 지린시에서 방귀깨나 뀌는 집안의 자제들이다.

　그렇지만 그동안 한 번도 수호처럼 피부가 하얗고 잘생긴 사람은 본 적이 없었다.

　이는 TV에 나오는 연예인들에게서도, 또 그 유명한 한국의 연예인 중에서도 그와 같이 잘생긴 사람은 손에 꼽을 정도였기에 지나가는 사람들이 한 번씩은 꼭 돌아보았다.

　[주인님, 사람들의 시선이 몰리고 있습니다.]

　수호가 넋을 놓고 글로리아 클럽 앞에 멈춰 있자, 슬레인이 슬쩍 말을 걸었다.

　물론 슬레인이 하는 말은 텔레파시를 이용한 것이기에 다른 사람은 들을 수가 없었다.

　저벅저벅!

　슬레인의 말에 정신을 차린 수호는 간판에 머물던 시선을 돌려 글로리아 클럽을 지나쳤다.

*　　　　*　　　　*

　소치엔은 오랜만에 북경대학 동기인 메이린과 링링을

만났다.

학창 시절에는 셋이 서로 코드가 잘 맞아 매일 어울려 다녔다.

하지만 졸업을 한 뒤, 메이린은 공부를 더 하겠다고 프랑스로 유학을 갔다.

링링도 원래의 꿈인 연예인이 되기 위해 연예기획사로 들어가는 바람에 자주 볼 수가 없었다.

아니, 정확히 메이린의 경우 사실 몇 년 동안 보지 못했다.

그나마 링링은 유학이 아닌 연예인이 되기 위해 기획사에 들어간 덕에 몇 번 만날 수 있었지만, 이렇게 세 명이 모일 수는 없었다.

그런데 유학을 마치고 메이린이 귀국했기에, 그리고 링링이 휴식기를 가지게 되면서 이곳 장춘까지 그녀를 만나러 왔다.

오랜만에 만난 셋은 너무도 반가워 며칠 동안 장춘시의 명소를 함께 돌아다녔다.

또 밤에는 유명 클럽을 탐방하며 즐거운 시간을 보냈다.

물론 미녀들이 돌아다니다 보니 가끔씩 문제가 발생하기도 했지만, 그녀들의 배경이 워낙 남달랐기에 큰 불상사는 발생하지 않았다.

아니, 링링은 은근히 그런 상황을 즐기는 것 같기도 했다.

연예인이라고는 하지만, 아직까지 이름을 날린 유명한 스타는 아니기에 이런 남자들의 반응이 싫지 않은 것도 사실이었다.

그러던 링링이 엄청난 것을 발견한 것처럼 소란을 떨었다.

"얘들아, 저길 봐!"

"뭔데 그래?"

텐션이 올라간 링링의 호들갑에 메이린이 심드렁하게 물었다.

그도 그럴 것이, 이런 호들갑은 이번만이 아니었기에 그랬다.

"저기 클럽 앞에 서 있는 남자! 너무 멋있지 않아?"

링링이 몽롱한 목소리로 말했다.

"남자?"

메이린은 남자란 말에 조금 전보다 더 심드렁한 목소리가 되어 물었다.

메이린이 보기에 중국의 남자들은 스타일도 너무 후졌고, 또 유럽인들에 비해 키도 작고 피부도 좋지 않았다.

즉, 그녀가 판단하기에 정말 별로였다.

더욱이 메이린이 이렇게 생각하는 이유는 다름이 아닌, 이곳 장춘시에 오기 전 북경에서 링링을 만나고 그녀가 소개해 준 남자 연예인들을 본 후로, 중국 남자에 대한 기대를 아예 내려놓았기 때문이다.

그런데 연예인도 아니고, 시라고는 하지만 동북에 있는 장춘시에서 남자가 잘생겼으면 얼마나 잘생겼다고 그렇게 수선을 피우는 것인지 저도 모르게 미간을 찌푸렸다.

"어머!"

메이린이 미간을 찌푸리고 있을 때, 그 옆에서 놀란 소치엔의 목소리가 들렸다.

"너까지 왜 그러는 거야?"

평소 차분한 성격인 소치엔까지 뭔가에 놀란 듯 요란을 떠는 것에 메이린이 타박하며 고개를 돌렸다.

하지만 메이린 역시 너무 놀라 아무 소리도 내지 못하고 입만 뻥끗거려야 했다.

그녀의 시선에 들어온 것은 글로리아 클럽 앞에 서서 오색 빛깔로 반짝이는 네온사인을 보고 있는 남자의 조각 같은 모습이었다.

파리에서 패션 공부를 하면서 그녀는 무수히 많은 남자 모델들을 보아왔다.

아시아인들과는 그 종이 다른, 아니, 모델은 보통의

유럽인들과도 달랐다.

큰 키에 말랐지만 적당히 근육질인 몸매를 가지고 있으며 짙은 눈썹과 깊은 눈과 날렵한 턱선은 조각을 보는 듯했다.

그에 반해, 고국에 돌아와 본 남자(남자 연예인)들은 다른 중국 남자들보단 낫지만, 유럽의 모델들에 비해선 형편이 없었다.

머리 스타일부터 옷 입는 맵시는 패션 디자인을 공부한 그녀에게 고역이었다.

그런데 지금 그녀의 눈앞에 지금까지 봐 온 그 어떤 남자 모델도 견주기 힘들 정도로 잘생기고, 또 스타일이 세련된 남자가 그곳에 서 있었다.

휘익!

'음!'

클럽 앞에 서 있던 남자가 어느 순간 다가오는 듯하더니, 그녀의 앞을 스쳐 지나갔다.

그런데 잘생겨서 그런지 그 남자가 지나가고 난 뒤 느껴지는 잔향이 무척이나 향기로웠다.

'어떤 향수를 쓰는 거지?'

너무 향기로운 냄새에 메이린은 순간 그 남자가 쓰는 향수가 궁금해졌다.

그렇게 수호가 지나가고 난 자리에 미녀 셋은 멈춰

서서 그가 남긴 잔향에 취해 굳어 버렸다.

그런데 그런 현상은 비단 이들만이 아니었다.

수호가 지나간 뒤로 그 자리에는 여자들의 본능을 자극하는 어떤 향기가 느껴졌다. 이를 맡은 여성들은 그 향이 사라지기까지 그 자리에서 꼼짝도 못 하고 그가 사라진 방향을 바라볼 뿐이었다.

*　　　*　　　*

수호의 손목에 머물고 있는 슬레인은 모든 것을 지켜보고 있었다.

자신의 주인인 수호가 지나간 뒤, 공기 중에 퍼진 수호의 체향.

그리고 이를 맡은 여성들이 마치 마약에 취한 것처럼 정신을 차리지 못하고 있는 것을 말이다.

그리고 그것을 걷고 있는 수호에게 알려 주었다.

[주인님, 여자들이 정신을 차리지 못하는데요.]

"쓸데없는 소리를……."

슬레인이 하는 소리를 들은 수호가 작게 나무랐다.

하지만 기분은 그리 나쁘지 않았다.

다만, 지금 자신이 무엇 때문에 이곳에 왔는지 그 목적을 잊지 않았기 때문에 흐트러지려는 마음을 다잡을 수 있었다.

"주변에 생각보다 CCTV가 많이 보이는데. 체크해."

수호는 글로리아 클럽을 보면서 주변을 둘러보는 걸 게을리하지 않았다.

클럽 입구와 간판을 보면서도 수호의 눈은 다른 사람이 모르게 주변을 살폈다.

그리고 주변 도로에 설치되어 있는 CCTV들의 위치를 모두 확인했다.

혹시나 나중에 주상욱을 보거나 양정의 모습을 보고 뭔가 일이 발생했을 때, 자신의 흔적을 지우기 위해 파악을 해 두는 것이다.

[모두 57대의 카메라를 확인했습니다. 그리고 이곳 호텔 500m 반경 안에 설치되어 있는 카메라 653대의 위치까지 모두 파악했습니다.]

슬레인은 이곳, 글로리아 클럽이 들어선 엘로우 드래곤 호텔 반경 500m 내에 설치된 감시 카메라의 숫자를 언급하며 그것들의 위치를 모두 파악했다고 보고해 왔다.

"그래? 그럼 혹시 그것들을 관리하고 있는 서버도 파악되었나?"

혹시나 싶은 생각에 물었다.

[파악이 되었습니다. 스파이웨어를 심을까요?]

슬레인이 느닷없이 스파이웨어를 심을 것인가 묻자

울트라 코리아

수호는 순간 당황했다.

그저 단순하게 주변 감시 카메라를 관리하는 서버의 존재를 확인했는지를 물었다.

하지만 슬레인이 한발 더 나아가 그것들을 통제할 수 있는 스파이웨어를 심을 것인지 내게 물어보자 놀란 것이다.

하지만 그것도 잠시였다.

시간이 있을 때 그것을 미리 심어 두는 것도 나중을 위해 편할 것이라 판단한 수호는 슬레인에게 명령하여 스파이웨어를 심을 걸 명령했다.

"좋아. 그렇게 해."

[알겠습니다.]

스파이웨어를 설치하는 것은 너무 쉬웠다.

이미 한국에 있을 때, 중국산 CCTV에 대한 백도어를 알아 두었기에 그것을 거슬러 올라가 스파이웨어를 심는 것은 일도 아니었다.

"여력이 되면 이번 기회에 장춘시의 교통 카메라들을 비상시에 모두 차단할 수 있게 손을 봐 둬."

수호는 이 주변 반경 500m 내뿐만 아니라 장춘시 일대 도로에 설치된 CCTV에 대해서도 손을 보도록 지시하였다.

[그러려면 시간이 좀 걸리는데, 괜찮겠습니까?]

슬레인이 하려고 하면 못 할 것도 없었다.

하지만 작은 지역도 아니고 거의 700만이 살아가는 거대 도시에 대한 감시망 전체를 통제하는 것은 그리 쉬운 일도 아니었다.

한국처럼 자신을 보조할 장치들이라도 있다면 간단하지만, 지금은 그런 것이 없었다.

그러니 장춘시 전체를 커버하기 위해선 다른 방법이 필요했다.

그렇기 때문에 시간이 걸리는 것이다.

"어차피 주상욱의 흔적을 찾기 위해선 좀 더 시간이 필요한 듯하니 상관없지 않을까?"

수호가 생각하기에 어차피 시간이 얼마가 걸리든 현재로서는 다른 것을 할 수가 없었다.

한국에서 도망친 주상욱이 중국에 밀입국하면서 그의 흔적은 북경에서 이곳 장춘으로 가는 길에서 끊겼다.

자신과 슬레인이 찾아본 기록에 주상욱은 중국에 별다른 연고가 없었다.

사업적으로 만나는 사람들도 흑룡강파의 양정과 중국인 몇 명이 더 있지만, 양정을 제외하고 다른 자들은 순수하게 주상욱과 사업적으로 거래하는 관계일 뿐이었다.

그러니 남은 것이라고는 한국에 있는 조선족 조직들

의 뒤에 자리하고 있는 흑룡강파를 뒤질 수밖에 없었
다.

그중 주상욱과 관계를 맺고 있는 건 양정이란 흑룡강
파의 중간 간부이니, 굳이 힘들게 다른 흑룡강파의 두
목들을 조사할 필요는 없을 것으로 보였다.

지린성 전역에 걸쳐 있는 흑룡강파를 모두 조사하는
것은 사실 슬레인이라도 짧은 시간에 알아보는 것은 쉽
지 않았다.

그러니 수호는 이곳 장춘만 타깃으로 감시하기로 하
였다.

그의 예감에 왠지 주상욱이 이곳 근처에 있을 것처럼
아주 진하게 느껴졌기 때문이다.

[알겠습니다. 그럼 그렇게 알고 일을 진행하겠습니다. 다만, 일에 들어
가면 24시간 동안 전 주인님을 수행할 수가 없습니다.]

IT 사업이 발전한 한국 정도는 아니더라도 전산망이
촘촘하게 연결된 미국이나 일본, 아니면 유럽만 되어도
방금 전 수호가 지시한 정도를 하는 데는, 그리 많은 시
간이 들어가지 않을 것이다.

하지만 이곳은 그런 곳이 아닌 지역 간의 발전이 극
명하게 갈린 중국이다.

그나마 장춘이 지린성의 주도였기에 이 정도 시간이
걸리는 것이지, 그보다 더 발전이 더딘 지역이었다면

아마 슬레인으로서도 주변을 완벽하게 감시할 수 있는 시스템을 구축하는 데 지금보다 더 많은 시간이 들어갔을 것이다.

그렇게 수호는 슬레인에게 주변 감시 체계를 구축하란 명령을 내리고 조금 전 글로리아 클럽 앞을 지나다 본 세 명의 중국인 여성들의 모습을 떠올렸다.

무심히 지나친 듯해도 수호의 감각은 보통 사람과는 확연히 달랐다.

그렇기 때문에 태연스레 스쳐 지나갔지만, 그의 감각에 세 명의 미녀들의 모습도 걸려들었다.

인구도 많다 보니 중국에는 미인도 많았다.

하지만 수호의 눈에 들어오는 미녀는 그리 많지 않았다.

그런데 조금 전에 본 미녀들은 그렇지 않았다.

한국에서도 아이돌인 플라워즈 멤버들과 친하게 지내면서 미녀 연예인들을 많이 보았다.

그렇기에 수호의 심미안은 상당히 높은 편이다.

그럼에도 중국 미녀들은 한국의 미녀 스타들에 비해 그리 꿇리지 않았다.

물론 그중 한 명은 성형을 한 것인지 조금 부자연스러워 보였지만, 다른 두 명은 그렇지 않았다.

한 명은 꾸민 듯, 꾸미지 않은 듯 자연스러운 모습을

하고 있었고 또 다른 한 명은 자신의 스타일을 잘 알고 있는지 무척 세련된 모습을 보여 주었다.

'뭔가 인연이 있을 것 같은 예감이 드네.'

언젠가부터 수호는 종종 이런 느낌을 받았다.

좋은 쪽이든, 나쁜 쪽이든 이와 비슷한 예감이 들면 얼마 뒤 그 사람과 엮이게 되었다.

그리고 조금 전의 예감은 그리 나쁘지 않은 인연 정도로 느껴졌다.

*   *   *

하루를 쉬고 슬레인이 돌아왔다.

아니, 슬레인은 하루를 쉰 것이 아니라 하루 동안 장춘시에 있는 모든 CCTV들의 서버에 스파이웨어를 심고 돌아온 것이다.

[돌아왔습니다.]

백도어를 통해 장춘시의 공안 서버에 침투를 한 슬레인은 그 어떤 보안 전문가도 알아보지 못할 정도로 은밀하게 서버 내에 스파이웨어를 설치하고 자신과 연결시켰다.

그렇게 사용자가 원하기만 하면 언제, 어느 때건 실시간으로 상황을 살필 수 있고, 또 영상까지 조작할 수 있게 되었다.

띠릭!

호텔 내, 수호가 산 노트북이 켜지며 공안의 보안 서버와 연결되었다.

하지만 무려 천 개가 넘는 장춘시의 보안 카메라의 숫자를 생각하면 모든 것을 노트북 화면에 띄울 수는 없었다.

하지만 슬레인은 화면 분할로 이런 문제를 해결하였다.

300개의 화면을 하나의 그룹으로 모아 그걸 넘겨 가며 노트북이 지원하는 성능의 최고치를 뽑아낼 수 있었다.

이렇게 하면 새 노트북이 얼마 가지 못해 망가져 버릴 터였다.

그래도 이번 일만 끝나면 증거를 남기지 않기 위해 폐기할 것이니 상관은 없었다.

"흠, 괜찮군."

300개의 화면이 빠르게 넘어가고 있어 정신이 없을 턴데도, 수호는 그것이 모두 보이는 듯 아무렇지 않게 괜찮다고 말했다.

[공안 서버와 연결하는 과정에서 주상욱이 이곳에 있는 것을 확인했습니다.]

"그래? 어디……."

슬레인은 장춘시의 CCTV를 관리하는 공안 서버에 스파이웨어를 설치하면서 그 안에 기록된 정보를 볼 기회가 있었다.

그곳에서 도망친 주상욱을 보았다.

다만, 주상욱이 최종적으로 간 목적지는 중간에 끊겨 알아낼 수 없었지만, 그가 글로리아 클럽으로 들어가는 영상을 확보할 수 있었다.

글로리아 클럽은 흑룡강파의 양정이 운영하고 있고, 수호와 슬레인의 예상대로 주상욱은 자신과 대림동의 진룡을 연결해 준 양정을 찾아간 것이 맞았다.

20여 일 전 한 번, 그리고 2주 전에 한 번, 또 어제, 이렇게 양정과 세 번 만난 것으로 확인되었다.

"그런데 주상욱의 자금 사정은 알아내지 못한 거야?"

자신이 아레스의 심보성 사장과 아시아 평화 연구소 소장인 문성국을 통해 주상욱의 도피 자금을 동결하였다.

이미 주상욱에게 넘어간 자금 중 상당 부분이 다른 곳으로 빠져나갔기에 더 이상 도피 자금이 그에게 넘어가는 것을 막기는 했다.

그래도 작정한다면 가지고 있는 자금만으로도 몇 년 동안 피해 다닐 수 있는 거금을 지니고 있었다.

지금 주상욱이 도망을 치고, 또 자신이 그를 처리하기 위해 중국까지 쫓아오기는 했지만 언제까지 그놈을 찾아다닐 수는 없었다.

앞으로 해야 할 일도 있고, 또 슬레인과 약속한 것이 있으니 더욱 그랬다.

그렇다고 그놈을 놓아둘 수도 없었다.

이미 주상욱은 돈만 된다면 국가의 안보는 물론이고, 사람의 목숨까지 아무렇지 않게 생각한다는 것을 파악했기 때문이다.

굳이 그런 불안 요소를 남겨 둔다는 것은 수호의 성격상 맞지 않았다.

그러니 기회가 왔을 때, 확실하게 처리하고 지나가는 것이 나았다.

"잠시 멈춰 봐."

수호는 돌아가는 모니터를 보다 소리쳤다.

"뒤로 한 프레임 더 돌려 봐."

노트북의 화면이 멈추자, 수호는 지나간 화면의 한 프레임을 더 돌리라고 명령하였다.

"그래, 거기. 멈춰."

화면이 멈추자 글로리아 클럽 정면을 찍고 있는 CCTV 화면에 검정색 벤츠 한 대가 멈추는 것이 보였다.

화면은 엄지손톱만큼이나 작았는데, 어떻게 본 것인지 그곳에 벤츠가 정차한 후 차 안에서 내리는 주상욱의 모습이 보이는 게 아닌가.

"저 화면만 키워 봐."

수호가 굳은 목소리로 CCTV 화면을 메인으로 비추라고 명령하였다.

그에 슬레인이 빠르게 다른 화면들을 오프하고 글로리아 클럽 입구를 찍던 카메라 화면을 띄웠다.

"번호판을 읽을 수 있어?"

초인에 가까워진 시력이라 해도 늦은 시각 흐릿한 CCTV 화면만 가지고 차량의 번호판을 읽을 수가 없어 물었다.

[잠시만 기다려 주십시오.]

수호는 불가능했지만 기계 생명체인 슬레인은 다 방법이 있었다.

CCTV에 찍힌 화면이 불안정하여 정확하게 알아내긴 불가능하지만, 비슷해 보이는 숫자와 공안에 등록된 차량 기록을 대조하면 어렵지만 찾아낼 수는 있기 때문이다.

[차량 번호는 A M88008으로, 흑룡강파가 운영하고 있는 렌터카 회사 소유로 되어 있습니다.]

주상욱이 사용하고 있는 차량의 소유주를 알게 되자,

양정과 그의 관계가 단순한 사업 파트너 정도가 아님이 느껴졌다.

그저 우연히 몇 차례 거래한 것치곤 주상욱이 한국을 빠져나가 바로 양정을 찾아갔다는 것.

양정이 속한 조직이 운영하는 렌터카 업체에서 차량을 빌려 사용하고 있는 점.

이런 것으로 미루어 보면, 좀 더 깊은 무언가가 있음을 암시했다.

"현재 그 차량이 어디에 있는지 알아봐."

[예, 알겠습니다.]

슬레인은 주상욱이 어제 타고 나타난 차량의 소재를 빠르게 찾았다.

＊　　　　＊　　　　＊

주상욱은 주변을 두리번거렸다.

양정의 부탁으로 그의 부하들과 장춘시 외곽까지 함께 오기는 했지만, 자꾸만 일이 잘못 돌아가고 있다는 느낌이 가시질 않았다.

분명 양정의 사무실보다는 위기감이 좀 가시는 듯했으나 그때의 느낌이 다시 살아나기 시작했다.

이곳에 더 있다가는 자신이 살아남지 못할 것만 같은

느낌이.

마치 죽음을 향해 가고 있는 사형수와 같은, 아니면 도살장에 끌려가는 가축과도 같은 무력감이 그의 몸을 감쌌다.

저벅저벅!

"얼마나 더 가야 하는 겁니까?"

다른 때 같았으면 반말을 했을 주상욱이지만, 그와 거래를 하던 양정이 없는 관계로 그의 부하들에게 함부로 말을 놓을 수 없어 반 존칭으로 물었다.

하지만 양정의 부하들은 그런 주상욱의 물음에 아무 대꾸도 없이 그의 얼굴을 한 번 돌아보다가 고개를 돌려 계속 걷기만 했다.

그런 깡패들의 행동에 기가 죽은 주상욱은 불안한 표정으로 그들의 뒤를 따랐다.

아우우우!

불안한 주상욱의 기분을 더욱 다운시키기 위해선지 저 멀리서 늑대의 울음소리가 들려왔다.

이곳 지린성에는 한국에선 멸종했지만 아직도 야생 늑대가 돌아다닌다.

또, 종종 야생 호랑이를 목격했다는 목격담도 들리는 동네이기도 했다.

'느, 늑대다.'

먼 곳에서 늑대의 울음소리가 들리자 주상욱은 더욱 두려운 표정이 되었다.

알 수 없는 목적지를 향해 밤길을 걷는 것도 무서운데, TV에서나 들은 적 있는 늑대의 리얼한 하울링을 들노라니 오금이 저려 왔다.

"다 왔소. 여기서 대기하면 됩니다."

양정의 옆에서 통역을 하던 이가 주상욱을 돌아보며 물었다.

"우리가 온 여기가 양 서기가 말하던 그곳이 맞습니까?"

주변을 둘러봐도 아무것 없는 황량한 곳이라 의아한 생각이 들었다.

"맞습니다. 저 뒤에 주 사장님이 타고 갈 차량이 준비되어 있으니, 계획대로 우리가 가고 10분쯤 뒤에 준비된 차량을 타고 오면 되오."

무슨 일을 꾸미고 있는지 알 수가 없지만, 현재로서는 자신에게 선택권이 없었다.

죽기 싫으면 이들이 원하는 것을 들어줘야만 하는 처지였다.

한국에 있을 때만 해도 못 할 것이 없던 그였지만, 현재는 도피 중이라 아무것도 할 수가 없었다.

'하!'

삐비빅!

대기하고 있을 때, 사내들 중 누군가 들고 있던 무전기가 울렸다.

"우린 계획대로 출발할 테니 잊지 마시오."

통역을 맡은 사내가 그렇게 말하고는 함께 온 깡패들과 차를 타고 떠났다.

사내들이 떠나자, 홀로 남은 주상욱은 자신의 처지가 참으로 한심스러웠다.

자신의 역량을 초과하는 것에 욕심을 부린 결과, 가진 것도 모두 잃고 이렇게 누군가의 주구가 되어 위협받고 있는 것에 굴욕감이 밀려왔다.

그렇다고 죽고 싶은 생각은 없었다.

어떻게든 이 위기를 극복하고 자신에게 이런 굴욕감을 선사한 이들에게 복수하고 싶은 생각만 머릿속에 가득했다.

'그래, 어디 두고 보자. 강한 자가 살아남는 것이 아니라 끝까지 살아남는 자가 강한 것이야!'

누군가에게 하는 말인지 모르겠지만, 주상욱은 그렇게 원망의 눈빛을 반짝이며 다짐하였다.

*　　　　*　　　　*

부우웅!

수호는 호텔을 나와 렌트한 차량을 몰고 급히 장춘시 외곽도로를 타고 달렸다.

이렇게 수호가 급히 차를 모는 이유는 주상욱이 이곳에서 타고 다니던 차량을 찾아낸 것은 물론이고, 현재 장춘시 동부 외곽으로 빠져나가는 것이 CCTV에 포착되었기 때문이다.

어렵게 찾아낸 것이니, 혹시라도 또다시 놓치지 않기 위해 급히 뒤를 쫓는 것이다.

'이번에는 놓치지 않는다.'

괜히 시간을 주었다가 낭패를 보았으니, 이번만은 놓치지 않겠다 다짐하며 렌트한 차량이 낼 수 있는 최대의 속력을 냈다.

수호가 있던 출발 지점과 주상욱이 탄 차량이 찍힌 곳까지 20분 정도의 거리가 있었지만 포기하지 않고 추적하였다.

보통이라면 그 정도 차이는 추적을 포기할 만도 하지만, 수호에게는 치트 키가 있었다.

바로 슬레인이란 만능 인공지능 집사가 존재했다.

슬레인은 공안의 서버를 해킹하여 CCTV로 장춘시 전역을 감시하였고, 그것도 모자라 공안이 가지고 있던 한 달여간의 CCTV 녹화 자료를 검색해 주상욱의 흔적을 찾아냈다.

그나마 장춘이 지린성의 주도이다 보니, 공안의 서버가 북경에 버금갈 정도로 잘 갖춰져 있어 이런 성과를 낼 수 있었다.

그렇지만 시 외곽으로 벗어나게 된다면 이 또한 장담할 수 없게 되니, 수호의 심정은 급해졌다.

[점점 가까워지고 있습니다. 이대로 달리면 10분 내에 그가 탄 차량을 볼 수 있을 것입니다.]

처음 출발할 때는 둘 사이의 거리가 20여 분이었지만, 수호가 이를 추적하면서 10분의 차이를 극복해 냈다.

아니, 솔직히 주상욱이 양정의 부하들과 움직이면서 시간을 지체하는 바람에 거리가 좁혀진 것이다.

쾅! 콰광!

"윽! 뭐야!"

도로를 달리던 중 느닷없이 울리는 커다란 폭발 소리에 수호는 깜짝 놀랐다.

중국이 한국처럼 총기 규제가 엄격한 나라는 아니더라도, 인구 700만 명 이상이 살고 있는 곳에서 이렇게 커다란 폭발음이 들릴 정도로 폭발물 규제가 느슨하지도 않았다.

그럼에도 폭발이 커다랗게 울린 걸 보면 뭔가 심각한

문제가 발생한 것이 분명했다.

더욱이 폭발음이 울린 곳은 현재 그가 가고 있는 방향이었다.

"슬레인, 뭔지 알아봐."

수호는 자신의 손목에 차고 있는 시계를 향해 소리쳤다.

[알겠습니다.]

마스터인 수호의 명령이 떨어지자 슬레인은 지체하지 않고 장춘시 공안의 보안 서버에 심어 놓은 스파이웨어를 통해 중국의 군사 통신망에 침투하였다.

그리고 아무도 모르게 중국의 위성에 접속하여 조금 전 폭발이 일어난 지점을 들여다보았다.

[40㎞ 전방에 테러가 발생하였습니다.]

슬레인은 인공위성을 통해 본 상황을 수호에게 설명하였다.

"테러? 누가 중국을 향해 테러를 한다는 것이지?"

테러라는 말에 수호는 순간적으로 이해할 수가 없었다.

세계 군사력 3위에 이르는 중국을 상대로 테러를 할 만한 단체가 생각나지 않았기 때문이다.

하지만 중국을 상대로 테러를 하는 단체가 없지는 않다.

티베트의 독립을 원하는 티베트 무장 세력이 하나고, 두 번째로는 신강 위구르 자치주에 살고 있는 위구르인들이 그러했다.

티베트는 종교적 이유 때문에 그러한 것이지만, 신강 위구르 자치구의 위구르인들은 또 다른 이유를 들어 중국을 상대로 테러를 가하고 있었다.

중국공산당은 하나의 중국을 표방하면서도 위구르인들을 탄압하고 차별을 일삼았다.

그런 이유로 위구르인들은 중국으로부터 독립하기 위해 봉기하였지만, 중국공산당은 그들을 오래전 자유를 갈망하던 지식인들에게 그러던 것처럼 총과 탱크로 이들을 짓밟았다.

그것뿐만 아니라 위구르인들의 씨를 지구상에서 없애기 위해 남자들은 수용소에 감금하고 여자들은 중국공산당군을 이용해 강제로 임신시키려는 시도까지 하였다.

이러한 사실이 국제사회에 알려지면서 무수한 질타를 받았다.

하지만 중국공산당은 모르쇠로 일관했다.

이런 이유 때문에 위구르인들은 기회가 있을 때마다 중국의 대도시에 나타나 테러를 감행했다.

평화적인 방법으로는 중국공산당으로부터 독립을 쟁

취할 수 없다는 걸 알기 때문이었다.

하지만 그곳은 어디까지나 공산당에게 중요한 도시일 뿐이다.

즉, 그 말은 동북에 위치한 장춘시는 해당 사항에 들어가지 않다는 이야기다.

비록 장춘시가 대도시이기는 하지만, 공산당이 생각하기에 그리고 위구르인들이 생각하기에 공산당의 수뇌부가 중요하게 생각하는 도시 순위에는 들어가지 않는다.

그러니 굳이 이곳까지 찾아와 테러를 벌일 이유가 없었다.

벌이려고 하면 벌일 수는 있겠지만, 그 효과는 북경이나 상해 등에 비해 현저히 떨어지기에 시도조차 하지 않았다.

'그렇다면 누가 이런 일을 벌였을까' 하는 의문이 들었다.

하지만 수호는 그런 의문을 떠올리기 전, 본능적으로 빠르게 사고 현장으로 달렸다.

어쩌면 그 사고 현장에 자신이 찾는 주상욱이 있을 수도 있다는 생각과 어려움에 처한 사람이 저곳에 있으니 도와야 한다는 생각 때문이었다.

그렇게 액셀을 끝까지 밟아 10여 분을 달리자 저 멀

리 뒤집힌 차량이 보였다.

그리고 그 주변에 일단의 사내들이 뒤집힌 차량을 둘러싼 채 뭔가 벌이려는 모습이 목격되었다.

3. 인연

중국 인민해방군 북부전구 16집단군 소속 소샤오린 대교는 아침부터 기분이 무척 좋았다.

요즘 한 가지 문제 때문에 골치가 아팠는데, 어제저녁에 전화 한 통이 걸려 왔다.

소샤오린에게 전화를 건 상대는 바로 그의 하나밖에 없는 동생에게서 온 것이다.

물론 하나뿐인 동생에게서 전화가 온 것이 그의 기분을 좋게 만들기도 했지만, 사실 그의 기분을 이렇게까지 업 시킨 것은 동생이 한 이야기 때문이었다.

그의 동생에게는 두 명의 절친이 있다.

한 명은 현재 중국에서 인기가 상승하고 있는 인기 스타이고, 또 한 명은 동생의 졸업식에서 한 번 보고 첫눈에 반한 사람이었다.

소샤오린은 동생을 통해 인연을 맺어 보려 하였지만 그만 포기하고 말았다.

그녀는 북경대학을 졸업하자마자 바로 프랑스로 유학을 떠났기 때문이다.

전공이 패션 디자인이었기에 패션 산업이 그 어느 나라보다 발전한 프랑스에서 공부를 더 하겠다면서 말이다.

그 뒤로 잊고 있었는데, 어제저녁에 걸려 온 동생에게 그녀가 유학을 마치고 중국으로 돌아왔다는 소식을 들었다.

그는 몇 년 동안 연애란 것을 생각지도 않고 군대에만 전념했다.

그 때문에 상관들에게 잘 보여 여자를 소개시켜 주겠다는 제안도 많이 받았다.

하지만 소샤오린은 그때마나 한 번 보고 반한 메이린의 얼굴이 떠올라 정중히 거절하였다.

사실 상관이 하는 소개는 단순한 소개가 아니다.

이는 인맥을 쌓으라는 지시였다.

이를 거절하는 것은 너와 상대하지 않겠다는 것으로

비춰질 수 있는 중국 사회에서 상당히 조심해야 하는 것이었다.

다만, 소샤오린은 자신이 반한 상대가 있고, 그녀를 기다리기 위해 군에 집중하는 것이라고 상대를 설득했다.

다행히 소샤오린의 집안도 군인 집안으로 상당한 명문이기에 그의 상관들도 그런 소샤오린의 변명을 듣고 물러났다.

아무튼 자신이 첫눈에 반한 메이린이 동생과 함께 자신을 보기 위해 장춘에 왔다고 하니, 근무를 마치고 만나기로 하였다.

물론 자신을 보러 왔다는 말은 동생이 자신의 기분을 좋게 하기 위한 말임을 잘 알고 있었다.

그럼에도 소샤오린의 기분은 하루 종일 날아갈 듯 신이 나 있었다.

조금 전까지는 말이다.

끼기긱!

"으윽!"

뭐가 어떻게 된 것인지 정신이 없었다.

"샹청! 샹청!"

소샤오린은 아직 상황을 파악하기도 전이었지만, 자신과 함께 차를 타고 있던 부관인 샹청의 이름을 급히 불렀다.

자신보다 부관인 샹청의 안위가 걱정되었기 때문이다.

하지만 아무리 불러도 부관인 샹청은 대답이 없었다.

탁!

끼기기긱!

누군가 문손잡이를 잡고 차 문을 여는 듯한 소음이 들려왔다.

사고로 인해 아직 눈에 초점이 들어오지 않아 정확하게 누군지 알 수는 없었지만, 사고가 나고 바로 찾아온 것을 보면 뭔가 좋지 않은 예감이 들었다.

"호, 소 대교님이 이런 곳에 어쩐 일이야?"

차 문을 연 사내가 소샤오린을 알아보며 말을 걸었다.

'나를 알고 있다.'

정신이 없는 중에도 소샤오린은 판단을 내릴 수 있었다.

'날 노리고 있었구나. 그런데 누가?'

자신을 노리고 테러를 감행했다는 것을 알 수 있었다.

하지만 누가, 무엇 때문에 자신에게 이런 테러를 가한 것인지 이해할 수가 없었다.

그런 의문은 금방 해결되었다.

무슨 이유에서인지 처음 자신에게 말을 건 사내는 주저리주저리 모든 것을 이야기해 주고 있었다.

"그러게 왜 쓸데없이 일을 복잡하게 만듭니까?"

'뭐야! 설마⋯⋯.'

얼마 전 부대 내의 비리가 발각되면서 소샤오린은 그것을 조사하라는 명령을 받았다.

그저 단순한 사건이었다면 그냥 외부에 알려지지 않게 바로 묻어 버렸을 테지만, 지린성에 주둔하고 있는 16집단군의 화력을 담당하는 포병부에서 다른 것도 아니고 포탄에 들어가는 화약에 불량품이 납품된 비리였다.

다른 물건도 아니고 화약의 불량을 그냥 납품받았다는 것은, 낮은 직급에서 그런 비리를 벌였을 것이라고는 생각되지 않았다.

역시나 조사 과정에서 드러난 비리 연루자는 상당하였고 그중 군 고위층도 꽤 포함이 되어 있었다.

그 때문에 이것을 어떻게 보고할지 고민 중이었다.

아무리 자신이 조사를 맡았다고 하지만, 그보다 상급자를 고발한다는 것은 쉬운 일이 아니다.

실제로 어떻게 알았는지 위에서 압력이 내려오기도 했다.

그런데 이렇게 자신을 직접적으로 테러까지 할 줄은 예상치 못했다.

그저 조금 고민하는 것 때문에 시간을 끈 것인데 말이다.

소샤오린은 뒤집힌 차량에서 끌려 나와 차에 기대어 앉혀졌다.

그를 차에서 꺼낸 사내들은 마치 그를 포위하듯 주변에 늘어섰다.

끼릭!

"뭐, 딱히 유감은 없습니다. 그냥 묻어 두라고 했을 때 말을 들었으면 이런 일을 당하지 않았을 것 아닙니까?"

사내가 권총에 소음기를 연결하며 조용히 말했다.

"그랬으면 당신의 부관도 저렇게 젊은 나이에 죽지는 않았을 텐데……."

"윽!"

그는 사내의 말에 잘 돌아가지 않는 고개를 돌려 운전석 쪽을 바라보았다.

그곳엔 안전벨트도 풀리지 않은 상태에서 머리가 차창 밖으로 빠져나와 피를 뒤집어쓴 채 늘어진 샹청의 모습이 보였다.

'아…….'

몸이 늘어져 아무 미동도 없는 것이 사내의 말마따나 죽은 것 같았다.

"유감은 없습니다. 그러니 우릴 원망하지 말고 판단을 잘못한 자신을 원망하십시오."

마치 판관이 선고하듯 그렇게 말을 마친 사내가 조금 전 소음기를 연결하던 총을 소샤오린에게로 향했다.

마치 영화 속에서 배신자를 처벌하는 집행자처럼 사선으로 내린 권총을 소샤오린에게 겨누고 막 방아쇠를 당기려던 때에 불청객이 나타났다.

부우우웅!

느닷없이 들린 자동차 엔진 음에 사내는 하던 일을 멈추고 소리가 들리는 방향으로 고개를 돌렸다.

한적한 도로에서 일을 마무리하려던 그때, 느닷없이 목격자가 나타난 것이 아닌가.

"이런……."

탕!

사내는 갑자기 나타난 자동차를 향해 총을 발사했다.

사고로 인해 도망칠 수 없는 소샤오린을 마무리하는 것보단 자신들이 그를 죽이는 걸 목격한 자를 우선 처리하는 것이 낫다는 판단을 한 것이다.

탕! 탕!

　수호는 저 멀리 차 한 대가 뒤집혀 있고 그 근처에 사
내들이 누군가를 둘러싸고 있는 모습을 보았다.

　그때, 사내들 중 하나가 갑자기 총을 쏘기 시작했다.

　탕! 탕!

　'윽, 뭐야!'

　설마 자신을 향해 총을 쏠지 모르고 있던 수호는 순
간 당황했다.

　하지만 그것도 잠시였다.

　총을 쏘고 있는 사내는 군대를 다녀오지 않은 것인지
사격 솜씨가 그리 좋지 못했다.

　핑! 핑!

　수호는 총알이 날아오는 중에도 차를 멈추지 않고 달
렸다.

　그러는 중에도 몇 발의 총알이 더 날아왔다.

　끼이익!

　자신을 향해 날아오는 총알의 숫자를 세던 수호는 급
히 차를 세웠다.

　권총을 들고 있던 사내가 한 탄창을 모두 소모했음을
계산하고 정차한 것이다.

　턱!

급히 문을 열고 밖으로 나온 수호는 일단 차에 몸을 밀착하며 몸을 숨겼다.

자신이 차에서 내리는 동안, 총을 들고 있던 사내도 빈 탄창을 갈아 끼우고 자신을 향해 총을 겨누고 있는 걸 본 것이다.

"총을 내려놔라! 그럼 유혈 사태는 일어나지 않을 거다!"

수호는 큰 소리로 총을 든 사내에게 소리쳤다.

"하, 어처구니가 없군."

갑자기 나타난 차량 운전자의 경고에 장린은 어이없다는 생각으로 중얼거렸다.

상대가 누군지는 모르겠지만 자신은 총을 들고 있었다.

그런데 그것을 보면서도 상대가 자신을 도리어 위협하듯 경고하는 모습이 같잖았다.

"끌고 와!"

장린이 자신의 주변에 도열한 부하들에게 소리쳤다.

감히 지린성에서 가장 강력한 조직인 흑룡파의 간부에게 큰 소리를 치는 것이 누군지 확인하고 싶었기 때문이다.

물론 지린성에는 흑룡파를 한 수 아래로 보는 곳이 아예 없는 것은 아니다.

하지만 그런 곳에 소속된 이들은 저리 행동하지 않는다.

도시 안에서야 다른 사람들의 시선이 있으니 자신들이 한 수 접어주지만, 이처럼 황량하고 사람의 시선이 없는 곳에서는 그들도 이렇게까지 막 하진 않았다.

막말로 죽여서 어디 묻어도 찾기 힘든 게 이곳이었다.

몇 십 ㎞ 내에 인적이라곤 전혀 없는 곳에서 보이지 않는 권력은 이들에게 조금도 위협이 되지 않았기 때문이다.

저벅저벅!

장린의 명령을 받은 흑룡강파 조직원들이 수호가 숨어 있는 차 쪽으로 접근하였다.

자신을 향해 정체를 알 수 없는 사내들이 다가오자, 수호는 어떻게 해야 할지 판단해야만 했다.

'총을 든 놈부터 제압할까? 아니면⋯⋯.'

솔직히 수호는 사내들 중 총을 들고 있는 이가 있다'고 해서 겁이 나진 않았다.

몇 달 전 납치 사건이 있는 후, 슬레인에 의해 강제로 보호 장구류를 착용하고 다녔기 때문이다.

총알은 물론이고, 칼과 같은 흉기에도 안전한 것이다.

사실 방탄 스프레이도 마스터인 수호의 안전을 위해

슬레인이 만들어 낸 물건들의 부산물이다.

그런 것도 모르고 아레스의 심보성 사장이나 방위사업청에서 정보를 빼내 욕심을 부린 주상욱과 문성국이 호들갑을 떨었지만 말이다.

만약 현재 수호가 착용하고 있는 것만 특전사에 지급한다면, 대한민국 특전사의 전력은 비약적으로 상승할 것이다.

그도 그럴 것이, 수호는 겉옷과 안에 입고 있는 언더웨어도 방탄 기능은 물론, 나노 기술을 응용해 만든 특수 소재로 인공 근육의 역할을 한다.

즉, 적은 힘으로 큰 힘을 발휘하게 도움을 준다는 소리다.

그런 것이 없어도 수호의 신체 능력은 이미 인간의 한계를 넘은 상태이지만, 슬레인은 그런 것에 만족하지 않고 마스터인 그의 안전을 위해 보다 더 치밀하게 보완을 하고 있었다.

그러니 상대가 총을 들건, 대포를 들건 수호는 전혀 위협을 느끼지 않았다.

'그래, 일단 총을 든 놈부터 제압하는 것이 낫겠다.'

상관은 없지만 그래도 무기를 들고 있는 놈을 먼저 제압하는 것이 나을 듯싶었다.

찌르릉!

주머니에 손을 넣어 보니 동전이 손에 잡혔다.

찌릿!

수호는 문성국 일당에게 납치되었을 때, 새롭게 깨달은 능력을 이번 실전에서 써 보기로 하였다.

핑!

맑은 소리와 함께 수호의 손가락 사이에 있던 동전이 대기를 가르며 빠르게 날아갔다.

팍!

"윽!"

손에서 날아간 동전이 음속을 돌파하며 장린이 들고 있던 총에 맞았다.

그러자 너무 강한 충격에 장린은 손목이 꺾이고 말았다.

파삭!

수호가 던진 동전과 부딪힌 권총은 마치 장난감이 단단한 물체에 맞아 부서지듯 파괴되었다.

그렇게 총을 든 장린을 무력화시킨 수호는 더 이상 차 뒤에 숨어 있지 않고 몸을 드러냈다.

갑작스러운 상황에 다가오던 사내들이 뒤에서 들린 장린의 비명에 시선을 돌렸다.

하지만 그건 그들의 실수였다.

자신들의 숫자가 많다는 것에 잠시 방심한 사내들.

그것을 보고 있던 수호는 그 순간을 놓치지 않았다.

휙!

타다다다.

짧은 도움닫기를 한 수호는 바로 몸을 날렸다.

그러곤 공중에서 연속으로 네 번의 발차기를 하였다.

자신의 근처에 도달한 깡패들의 가슴을 한차례씩 걷어차고 착지한 뒤, 마지막 한 명을 향해 스트레이트를 날렸다.

너무 순식간에 벌어진 공격에 깡패들은 수호의 공격을 미처 인지하지 못했고, 그 상태에서 고개조차 돌리지 못한 채 그대로 날아갔다.

쾅!

털썩!

수호의 발에 걷어차인 깡패들은 소샤오린이 기대고 있던 차보다 훨씬 멀리 날아가 버렸다.

더불어 수호의 주먹에 맞은 사내는 마치 폭파 공법으로 무너져 내리는 건물처럼 털썩 주저앉았다.

자신의 부하들이 한순간에 제압되는 것을 목격하게 된 장린은 저도 모르게 억눌린 신음을 흘렸다.

'이게 무슨……'

지금까지 깡패 생활을 하면서 장린은 이런 모습을 한 번도 본 적이 없었다.

아니, 영화나 TV 속에서는 비슷한 것을 몇 번 본 기억이 있지만 실제로는 처음이었다.

그러면서 자신을 향해 걸어오는 상대가 정말로 사람이 맞는지 의심이 들었다.

그도 그럴 것이, 조금 전 자신을 향해 무언가를 던지는 듯 보였는데, 자신이 든 권총이 부서지고 그것을 들고 있던 자신은 손목이 꺾여 힘을 제대로 쓸 수가 없었다.

크다고 할 수는 없지만 그래도 성인 다섯 명을 제압하는 데 찰나의 순간만 필요한 상대가 점점 두려워지기 시작했다.

"다, 당신 누구야!"

너무도 황당한 경험을 하다 보니, 장린의 사고는 엉망진창으로 뒤엉켜 버렸다.

자신이 맡은 것은 너무도 간단한 일이었다.

자신들에게 들어온 의뢰를 처리하기 위해, 타깃이 출퇴근길에 사용하는 도로에서 대기하다 표적이 나타났다는 신호에 맞춰 폭탄을 터뜨렸다.

그리고 혹시라도 먼 거리에서 폭발음을 들을 수도 있기에 차량을 전복시킬 정도로만 묻었다.

하지만 폭탄의 양을 잘못 계산한 것인지 위력이 예상보다 강력했다.

물론 거기까지는 상관없었다.

어차피 제거가 목적이니 말이다.

그렇게 일이 잘 진행되는 듯했지만, 불청객 하나가 나타나면서 일이 꼬이기 시작했다.

설마 우연히 나타난 불청객이 영화나 소설 속에 나올 법한 초인일 줄은 아무도 예상하지 못했다.

다른 이들의 위에 있다고 자부하던 장린과 같은 무리에게 자신들보다 더 강한 존재의 등장은 한순간에 나락으로 떨어지는 듯한 느낌을 갖게 한다.

실제로 지금 장린의 심정이 그랬다.

이번 일만 마치면 영업권 하나를 받고 독립할 수도 있었는데, 그것이 한순간에 물거품이 되어 버렸다.

"지금 상태에서 그게 무슨 상관이지?"

자신이 누군지 물어오는 장린의 모습에 수호는 무심히 대답하였다.

정말로 그게 무슨 상관이란 말인가.

그는 누군가를 죽이려 하였고, 또 목격자인 자신도 죽이려 하였다.

그러다 능력이 미치지 못해 상황이 반전된 것뿐이다.

*　　　*　　　*

자신들이 출발하면 10분 뒤에 따라오라는 장린의 말에 도망을 칠까 고민하다, 현재 자신의 처지를 깨달은 주상욱은 어쩔 수 없다는 판단에 약속한 시간보다 조금 늦게 출발하였다.

분명 그의 생존 본능에 따라가면 안 된다는 느낌이 전해져 왔지만 선택의 여지가 없었다.

한국에서 사고를 치고 중국으로 밀항을 했다.

처음 시작은 별것 아니었다.

이제 겨우 생긴 지 1년도 채 되지 않은 작은 기업이 가진 기술을 가로채려 한 것이었다.

하지만 자신이 생각하던 것보다 그곳의 배경이 너무도 막강한 것 같아 도망치고 말았다.

사장을 납치한 지 불과 몇 시간 만에 그걸 시도하던 조직을 찾아내고, 또 혼자서 그 많은 깡패들을 제압한 것만 봐도 그 배경이 심상치 않았기 때문이다.

어쩌면 정부에서 비밀리에 준비한 것일 수도 있다는 생각마저 들었다.

아니, 아마도 그게 맞을 것이다.

그렇지 않고서야 전직 특수부대원이 그런 회사에 있다는 것은 말이 되지 않았다.

이런 생각을 하게 된 배경에는 또 하나의 이유가 있었다.

납치된 SH화학의 사장이 있는 소재를 찾아낸 것도 그렇지만, 범인이 자신이란 것을 알아내고 바로 자금 동결하는 속도만 봐도 SH화학의 뒤에 어마어마한 조직이 있음을 짐작케 하였다.

사실 영화나 드라마에선 이런 일을 아주 쉽게 하지만, 솔직히 어느 나라든 권력이 없는 상태에서 그런 일을 그렇게 신속하게 할 수는 없다.

공무원들의 속성을 누구보다 잘 알고 있는 주상욱이기에 도피 자금을 챙기면서 그런 것을 생각지 않을 리가 없었다.

그런데 어떻게 된 일인지 자신이 중국에 도착을 한 후, 혹시나 하는 마음에 흔적을 지우기 위해 도피 자금을 옮기던 시도가 중간에 막혀 버렸다.

그나마 ⅓ 정도 옮기고 난 뒤에 막힌 것이 천만다행이었다.

하지만 그로부터 주상욱의 도피 계획이 꼬이기 시작했다.

충분한 자금만 있다면 도피하면서 한국에 있는 조직에 도움을 청해 사건을 무마시키려 하였다.

돈은 귀신도 부린다고 하지 않는가.

급히 한국을 떠나면서 챙긴 자금과 스위스와 조세 피난처에 숨겨 둔 비자금을 사용하면 충분히 가능하다고 보았다.

이번 일은 상대를 제대로 파악하지 못하고 계약 규모만 보고 욕심을 부린 대가라 생각하면 되었다.

하지만 그런 계획도 호락호락하지 않았다.

자금줄이 동결되면서 부족해진 현재 그가 할 수 있는 일은 하나뿐이었다.

자신과 거래하던 중국인(양정)에게 손을 내미는 것밖에 없었다.

그렇지만 양정도 보통이 아니었다.

자신의 약점을 알게 되자 바로 이빨을 드러냈다.

그러면서 자신의 일에 주상욱을 끌어들였다.

아직 어떤 일을 시키려는 것인지 알 순 없지만, 주상욱은 그 일이 결코 자신에게 유리한 일이 아님을 짐작할 수 있었다.

쾅!

'억! 뭐야!'

막 차에 오르던 주상욱은 저 멀리서 울리는 커다란 폭발음을 들었다.

어디서 벌어진 일인지 보이진 않았지만, 조금 전 장린이 한 이야기를 들은 것이 있기에 그들이 벌인 일임을 짐작할 수 있었다.

'좋지 않아!'

계속해서 그의 뇌리를 울리는 경고에 주상욱은 손발이 떨려 왔다.

'하! 젠장, 괜히 그놈을 찾아왔어.'

주상욱으로서는 자신의 도피 자금이 동결된 것을 눈치채고 도망칠 때 선택의 여지가 없었다.

그 당시만 해도 이게 최선이라고 판단했다.

실제로 처음 양정을 만나러 왔을 때만 해도 그는 자신을 극진히 대접해 주었다.

그동안 그와 거래하면서 서로 이득을 보는 일을 해 왔기 때문이다.

그런데 한순간에 상황이 바뀌더니, 양정은 자신을 마치 부하 다루듯 하기 시작했다.

또 이렇게 음모를 꾸미고 하수인으로 쓰려고 한다.

"죽기 아니면 까무러치기다."

다짐하듯 그렇게 혼잣말을 내뱉은 주상욱은 브레이크를 밟고 있는 발을 떼고 액셀을 밟았다.

부우웅!

주상욱이 액셀을 밟자 그가 탄 차는 조금 전 폭발음이 들린 방향으로 빠르게 나아갔다.

*　　　　*　　　　*

장린을 비롯해 깡패들을 제압한 수호는 그들을 한쪽에 무릎 꿇려 놓고 전복된 차량에 기대어 있는 소샤오린을 살폈다.

"괜찮습니까?"

피를 흘리며 전복된 차에 기대에 있던 소샤오린은 느닷없이 묻는 소리에 힘겹게 고개를 들었다.

"누, 누구?"

자신의 물음에 힘겹게 대답하는 상대를 본 수호는 그나마 다행이라고 판단했다.

정신을 잃었더라면 상당히 골치 아파질 수 있었기 때문이다.

"지나가던 관광객입니다."

혹시나 자신을 저들의 일행으로 오해할 수도 있기에 자신을 관광객이라고 말했다.

"관광객이요?"

정신이 없는 중에도 소샤오린은 밀려오는 통증에 미간을 찌푸리며 수호가 말한 관광객이란 단어를 되뇌었다.

"볼일이 있어 중국에 오기는 했지만, 뭐 관광도 겸했으니 관광객이 맞죠."

수호는 별거 아니란 듯 무심하게 말했다.

그런 수호의 이야기에 관심이 생긴 것인지, 소샤오린

은 일단 자신의 이름과 신분을 말하며 전화를 걸어 줄
것을 부탁했다.

"전 인민해방군 북부전구 16집단군 제21포병부대에
근무하고 있는 소샤오린이라고 합니다. 부대에 전화 좀
해 주시기 바랍니다."

약속이 있어 퇴근을 하고 약속 장소로 가고 있었지
만, 일단 군인으로서 자신의 사고 소식을 부대에 알리
는 것이 중요했기에 이를 부탁한 것이다.

"제 안쪽 주머니에 전화기가 있으니 그것을 이용하시
면⋯⋯."

소샤오린은 고통이 밀려오는 중에도 자신의 본분을
잊지 않았다.

"알겠습니다."

수호는 그의 부탁대로 안쪽 주머니를 뒤져 전화기를
꺼낸 후 알려 준 대로 부대에 연락하였다.

하지만 전화가 연결되자 자신이 이야기하는 것보단
소샤오린 본인이 직접 경위를 알리는 것이 좋을 것이란
판단에 전화기를 넘겨주었다.

그런 수호의 행동에 소샤오린도 그가 무엇 때문에 전
화기를 넘기는지 짐작할 수 있기에 현재 자신의 처지를
상황병에게 전달하였다.

"도움을 주셔서 감사합니다."

부대에 연락한 뒤로 어느 정도 안정을 찾은 것인지, 아니면 피를 흘리는 모습과 다르게 그리 부상이 심각하지 않은 것인지 소샤오린이 안정적인 목소리로 수호에게 감사 인사를 하였다.

"아닙니다."

소샤오린이 감사를 표하자 수호는 별거 아닌 듯 대답하였다.

하지만 소샤오린에게 수호는 생명의 은인이나 마찬가지였다.

그가 나타나기 전, 수호에게 제압되어 무릎을 꿇고 있는 깡패 중 하나가 한 말이 있었기 때문이다.

부대 내의 비리를 조사하고 있는 자신을 암살하기 위해 준비하고 있었다 하였다.

뿐만 아니라 폭탄을 터뜨려 자신이 타고 있던 차량을 전복시키기까지 하였고 그 과정에서 부관인 샹청이 죽었다.

더욱이 아직 죽지 않은 자신을 차에서 끄집어낸 후 처형하려고까지 했다.

이것은 단순 살인이 아닌 명백한 처형이었다.

전쟁 중에 적의 스파이 혹은 명령 불복종을 한 군인에 대한 사형 중, 아무 저항도 할 수 없게 제압한 상태에서 위에서 아래로 총을 쏴, 확실하게 죽이는 방식을 처형이라 한다.

이는 현대에 오면서 단순 살인보다 엄중하게 처벌하고 있는 형태의 살인 방법이다.

소샤오린은 그 직전까지 간 것이 떠오르자, 순간 온몸에 소름이 돋았다.

정말이지 자신이 죽다 살아났다는 느낌이 확 들었기 때문이다.

'하, 내가 저 사람 덕분에 죽을 고비를 넘겼구나.'

아닌 게 아니라, 생각하면 할수록 자신은 정말이지 죽음 직전에서 삶으로 넘어왔다.

만약 조금 전 눈앞에 있는 사내가 나타나지 않았다면, 자신에게 말을 걸며 협박하던 깡패는 들고 있던 권총으로 자신을 죽였을 것이다.

윙! 윙! 윙!

저 멀리서 사이렌이 울리며 다가오는 소리가 들렸다.

자신의 연락으로 부대에서 보낸 헌병대가 오는 것 같았다.

*   *   *

십여 명의 군인들이 와서 현장을 정리하였다.

그중에는 소샤오린의 상태를 살피는 몇몇 의무병들도

있었다.

그들은 환자 이동용 스트레쳐카에 소샤오린을 실었다.

"정말 감사합니다."

"아닙니다. 할 일을 했을 뿐입니다."

자신을 구해 준 수호에게 다시 감사 인사를 하는 소샤오린이었으나 별거 아니란 듯 수호가 대답했다.

"출발하겠습니다."

언제 왔는지 의무병이 소샤오린에게 다가와 말했다.

"알았다."

소샤오린은 의무병에게 알겠다고 대답했다.

"감사드리고 미력하지만 도움이 필요하시면 언제든 연락 주십시오."

부상을 치료하는 것 때문에 당장 직접적으로 도움을 줄 수는 없겠지만, 자신의 집안 영향력을 행사한다면 이곳 장춘시는 물론이고, 지린성 내에서 어느 정도 도움을 줄 수도 있다고 생각해 그리 말하였다.

"알겠습니다. 필요하면 연락을 드리지요."

현재 군인이고, 또 1년 전까지만 해도 군인이던 두 사람이다 보니 별로 많은 대화를 하지 않았지만 뭔가 통하는 것이 있는 것 같았다.

"누군가를 찾는다고 했는데, 여기로 한 번 연락을 해

보시오. 작은 도움이 될 겁니다."

소샤오린은 이동용 침대에 누워 있는 상태에서 주머니에서 뭔가를 꺼내 수호에게 건네주었다.

그것은 명함이었다.

전화번호와 이름 하나만 적혀 있는, 무척이나 심플한 디자인이었다.

"내 이름을 말하면 원하는 정보를 줄 겁니다."

"출발하겠습니다."

앰뷸런스 운전석 쪽에서 출발하겠다는 소리가 들려왔다.

"그럼……."

명함을 건넨 소샤오린은 그렇게 마지막 인사를 하고 떠났다.

수호는 떠나는 앰뷸런스 뒤를 잠시 바라보다 그의 손에 들린 명함을 확인했다.

'뭐지?'

전화번호와 이름만 적힌 명함에 잠깐 동안 갈피를 잡을 수 없었다.

그런 수호의 모습에 그동안 조용히 있던 슬레인이 말을 걸어 왔다.

[주인님, 그 명함에 적힌 전화번호는 이곳 장춘시 공안국 정보실 실장의 개인 번호입니다.]

공안의 서버를 해킹하면서 알아낸 정보 중, 수호의 손에 들린 명함의 전화번호도 있었기에 이를 알렸다.

'공안 정보실 실장?'

아직 주변에 군인들이 남아 있었기에 소리 내어 이야기할 수 없어, 수호와 슬레인은 텔레파시를 이용해 대화를 나눴다.

[예. 진바이헝은 1급 경독으로, 한국으로 치면 경정에 준하는 계급입니다.]

'경정이라고?'

경찰의 계급을 정확하게 알지는 못하지만, 그 정도면 군인으로 칠 때 위관 급 중 최고인 대위에 해당했다.

그리고 한 부처의 장이란 것에 수호의 눈이 갔다.

'우리가 하는 일에 도움이 될까?'

수호의 관심은 어디까지나 주상욱의 처리였다.

중국에 그것도 이곳 동북의 지린성까지 온 것은 모두 자신의 일상을 흔든 주상욱 때문이었다.

그러니 그를 잡기 위해 소샤오린이 주고 간, 명함 속 주인공이 자신의 일에 도움이 될지 생각하게 되었다.

[이미 이곳 장춘시의 공안 서버를 점령하고 CCTV를 통제하고 있는 현재 큰 도움은 되지 않을 것입니다. 그래도 없는 것보단 좋을 것이란 판단입니다.]

슬레인은 자신이 이미 공안의 서버를 장악했으니 크

게 필요가 없음을 알렸다.

하지만 사람의 일이란 것이 언제, 어느 때든 변수가 발생할지 모르는 일이기에 가지고 있어서 나쁠 것은 없다고 판단해 그렇게 말했다.

'하긴, 없는 것보단 낫겠지.'

수호의 생각도 슬레인과 같았다.

공안의 서버에 스파이웨어를 심어 언제, 어느 때든 실시간으로 상황 정보를 볼 수 있었다.

하지만 그것은 어디까지나 상황을 불법적으로 보는 것이지, 외국인인 수호가 할 수 있는 것에는 한계가 있었다.

그러니 정보를 다루는 정보실이라 하지만, 현직 공안, 그것도 일급 경독의 직위를 가진 공안을 알고 있다는 것은 이곳 장춘에서 활동하는 데 많은 도움이 될 터였다.

'그런데 이놈들 정체가 뭔데, 현직 군인, 그것도 고위 간부에 대한 테러를 저지른 거야.'

중국은 군인에 대한 권위가 꽤 높은 나라다.

그도 그럴 것이, 사람들이 잘 알지 못하는 것이 있는데 중국 인민해방군은 중국이란 나라의 군대가 아니다.

그럼 무엇일까?

이런 의문이 들지 않을 수 없는데, 이들은 바로 중국

공산당의 군이다.

마치 2차 대전의 독재자인 히틀러를 따르던 나치 친위대라 보면 된다.

나치들이 히틀러의 개인 사병으로 무소불위의 권력을 행사한 것처럼, 중국의 인민해방군도 중국공산당의 군대란 소리다.

중국의 국가 주석보다 인민해방군 총사령관인 중앙군사위 주석의 직위가 더 높다.

이는 보통 국가와 다른 특이한 구조이다.

오래전 중국의 국가 주석이 모택동이 주창한 '권력은 총부리에서 나온다' 라는 발언 때문에 생긴 것이다.

이렇게 공산당의 사병인 인민해방군, 그것도 고위 장교인, 한국으로 치면 대령급에 해당하는 대교를 상대로 테러를 감행한 이들의 정체가 무척 궁금해지지 않을 수 없다.

물론 이러한 궁금증도 주상욱을 찾는 것보다 우선일 순 없었다.

"잠시 참고인 조서를 꾸며야 하니, 함께 가 주셔야겠습니다."

언제 다가왔는지 군인 한 명이 다가와 수호에게 말하였다.

물론 수호는 그가 다가오기 전, 이미 알고 있었지만

별로 티를 내진 않았다.

"알겠습니다."

중국이란 나라가 어떤 나라인지 잘 알고 있는 수호는 굳이 그의 말을 거부했다가 불이익을 당하지 않도록 순순히 그의 말에 따랐다.

뭐 부당한 대우를 한다면 어려운 일이 있을 때, 자신을 찾으라는 소샤오린의 말도 있었고, 또 그게 아니더라도 자신의 능력으로 빠져나갈 수도 있기에 거리낌이 없었다.

막말로 자신이 빠져나가려 한다면 막을 존재가 어디 있겠는가.

그러한 자신감에서 나온 행동이었다.

4. 오리무중

분명히 보았다.

여기에 있어서는 안 되는 사람이, 이곳 중국의 지방인 지린성의 주도 장춘시 외곽에 나타났다.

처음에는 자신이 잘못 본 것이라고 의심했다.

하지만 뒤집힌 차 주변으로 자신과 함께 온 자들이, 그리고 10분 뒤에 따라오라던 흑룡강파의 깡패들이 무릎을 꿇고 있는 모습을 보자 확신하고 말았다.

자신의 의뢰로 흑사파가 SH화학의 사장을 납치했을 때, 흑사파의 본거지를 습격해 사장을 구해 간 사내의 얼굴은 차를 타고 움직이는 중에도 똑똑히 보았다.

'젠장!'

주상욱은 약속된 것을 뿌리치고 장린이 있는 현장을
빠져나가기 위해 속도를 줄이지 않았다.

그러다 혹시라도 들킬까 싶었기에 곧 속도를 내며 그
곳에서 급히 내달렸다.

열 명도 훨씬 넘는 흑사파를 혼자 처리한 사내이니,
겨우 다섯 명 정도에 지나지 않는 흑룡강파의 조직원들
이라면 문제도 아닐 터였다.

더욱이 자신은 깡패도 아니고, 또 싸움도 하지 못한
다.

그저 필요에 의해 사고의 책임을 자신에게 덮어씌우
려고 불렀다는 걸 깨달은 주상욱은 뒤도 돌아보지 않고
떠났다.

'확실해졌다. 흑룡강파가 누군지 모르겠지만 차에 타
고 있던 사람들을 사고로 위장하여 죽이려 하였다.'

지금까지 살아오면서 주상욱은 산전수전을 모두 겪어
봤다.

그러니 현장을 지나며 본 것만으로도 어떤 상황이 벌
어졌는지 알 수 있었다.

억지로 끌려올 때 느낀 위기감은 아마도 외국인인 자
신이 교통사고를 낸 것으로 꾸미려 한 것이리라.

하지만 겨우 교통사고 정도로, 왜 그 정도로 생존 본

능이 일어난 것인지 주상욱은 알 수가 없었다.

사람이 죽었다고 해도, 또 외국인과 연관이 된 교통 사고로 인한 인명 사고가 분명 외국인에게 불리하게 작용하지만, 돈이면 충분히 해결이 가능했다.

그럼에도 생존 본능에 이렇게 민감하게 작용하는 것을 보면 뭔가 자신이 보지 못한 사정이 있을 것이다.

주상욱은 자신의 그런 생존 본능을 믿어 의심치 않기에 더 이상 이곳 흑룡강파의 영향력이 미치는 지린성에 머물러 있지 않기로 했다.

흑룡강파에 요구할 것이 있기는 하지만, 필요한 것은 챙겼으니 더 이상 남아 있을 필요가 없었다.

아니, 그 때문에 또 어떤 일을 당할지 모르고 더욱이 양정의 눈치가 이상했다.

'그래, 더 이상 볼일 없다.'

한 번 결심하자 주상욱은 차를 멈추지 않고 방향을 틀어 장춘시가 아닌 랴오닝성의 선양시로 향했다.

*　　　*　　　*

소샤오린이 소속된 제21포병부대의 헌병대에 불려가 조사를 마친 수호는 밖으로 나왔다.

그러자 무척 피곤했다.

육체적으로야 인간의 한계를 넘은 초인이지만, 조금 전의 조사는 그를 피곤하게 만들었다.

한국의 경찰들이 하는 참고인 조사 정도로 생각해 간단하게 임했는데, 그게 아니었다.

자신은 분명 사고 현장을 목격하고 중국 인민해방군 소속 대교를 도와준 것이다.

하지만 무슨 이유에서인지 헌병들은 자신을 마치 사건의 배후에 대한 추궁을 하듯 몰아쳤다.

'역시 중국인은 피곤해.'

그렇게 속으로 중국인을 한참 낮잡아 중얼거리며 피곤을 털어 내기 위해 고개를 흔들었다.

'젠장… 겨우 실마리를 잡았는데, 이렇게 시간을 지체한 것 때문에 놓쳐 버렸네.'

한국에서 자신의 둘째 큰아버지의 납치를 지시한 주상욱이 중국으로 밀항함으로써 흔적을 놓쳤다.

그러다 어렵게 상하이를 거쳐, 무슨 이유에서인지 북경으로 갔다가 다시 이곳 지린성 장춘으로 온 것을 알아내고 겨우 따라붙었다.

하지만 수호의 고생은 그때부터였다.

한국처럼 발달되지 않은 전산 체계로 주상욱의 흔적은 중간에 끊겨 버렸다.

다행하게도 공안의 서버에 스파이웨어를 설치하고

CCTV에 찍힌 주상욱의 흔적을 찾아냈다.

겨우겨우 주상욱의 흔적을 쫓아 여기까지 왔는데, 사고를 목격하고 현장이 이상함을 느껴 끼어든 것이 화근이 되었다.

자신은 그저 순수하게 어려운 일에 처한 사람을 구해 준 것뿐이다.

그러다 사건의 피해자가 중국 인민해방군의 고위급 인사였기에 작은 인연을 맺게 되었다.

혹시나 나중에 도움이 필요할 때의 연락처까지 받았다.

그래서 헌병들이 참고인 증언을 듣겠다는 말에도 순순히 응해 주었다.

하지만 그런 헌병들의 말은 기짓이었다.

만약 슬레인이 현장을 녹화하지 않았다면 꼼짝없이 자신이 사건의 배후로 엮일 뻔했다.

＊　　　＊　　　＊

"무엇 때문에 소샤오린 대교를 테러한 것인가?"

인민해방군 대교에 대한 사건이기 때문인지, 중국군 헌병도 상당한 계급의 인물이 나섰다.

무려 상위, 그러니까 한국군으로 치면 대위의 계급을

가진 자가 나서서 조서를 하는 중이다.

"난 테러를 한 적도 없고 그저 사고 현장에 도착하여 도움이 필요한 것 같아 그를 구해 준 것뿐이오."

수호는 자신을 향해 내리누르는 듯 압박하며 물어오는 장교의 질문에 담담히 대답하였다.

"그게 지금 말이라고 하고 있는 거야! 네 부하들이 다 불었어!"

주샹페이는 어떻게든 사건을 빨리 끝내기 위해 거짓말까지 해 가며 수호를 윽박질렀다.

하지만 그가 어떤 말을 하든 수호는 꿀릴 것이 없었다.

"누가 내 부하라는 말이지?"

거짓으로 자신을 함정에 빠뜨리려는 주샹페이의 말에 더 이상 수호도 그를 존중하지 않기로 하고 반말로 물었다.

"난 외국인이다. 중국에 처음 들어온 내가 어떻게 중국인 부하가 있으며 일면식도 전혀 없는 중국군 장교를 왜 테러하려고 했다는 것인지 증명할 수 있나?"

그리 큰 소리를 내지는 않았지만 수호가 하는 말에는 무게가 실려 있었다.

이를 듣는 사람에게는 경우에 따라서 심한 압박감을 느끼도록 만들었다.

그리고 지금 주샹페이가 바로 그러하였다.

그저 외국인, 그것도 소국인 한국인이기에 자신이 어떤 말을 해도 된다고 생각하던 주샹페이는 수호가 압박을 시작하자 이를 견디기 힘들었다.

분명 물리적인 어떤 수단도 행하지 않았지만, 수호에게는 다른 사람이 함부로 할 수 없는 어떤 기운이 있었다.

'음……'

주샹페이는 자신을 노려보는 수호의 눈빛이 너무 부담스러웠다.

별다른 말을 하지 않았는데, 그 눈빛 때문인지 마치 보이지 않는 손으로 그의 목을 조르는 듯한 느낌을 받고 있었다.

그 때문에 자신도 모르게 조여 있던 옷깃을 늘어뜨려 틈을 만들었다.

평소에 느끼지 않던 갑갑함 때문에 숨이 제대로 쉬어지지 않아, 자도 모르게 한 행동이었다.

그렇게 조금 나아지는 듯하자, 주샹페이가 정신을 차리며 보고서를 들여다보았다.

"그럼 우연히 현장을 지나갔다는 말인가?"

답답했지만 약세를 보이기 싫던 주샹페이는 계속 윽박지르듯 질문을 했다.

"조금 전에도 이야기했듯, 난 누군가를 찾기 위해 그곳을 지나다 우연히 현장을 목격한 것뿐이다."

수호는 전혀 흔들리지 않고 자신의 주장을 거듭했다.

"한국에서 죄를 짓고 도망친 자를 찾으러 중국에 들어왔으며 그의 흔적이 이곳 장춘시에서 목격되었기에 그곳을 지나고 있었다."

"그럼 당신의 신분이 한국의 수사관이란 것인가?"

한국에서 죄를 저지른 범죄자를 잡으러 왔다는 소리에 그리 물었다.

"그건 아니다."

"아니, 수사관도 아니면서 범죄자를 잡으러 여기까지 왔다는 것인가?"

말도 되지 않는다고 판단한 주샹페이는 마치 건수를 잡은 듯이 수호를 압박했다.

"어차피 한국에서 범죄자를 붙잡아 넘겨 달라 한다고 해서, 중국이 들어줄 것은 아니지 않나?"

수호는 꽤나 담담하게 대답하였다. 아니, 물어보았다.

한국과 중국은 범죄인 인도 조약을 맺지 않았다.

그렇지만 한국은 한국에서 범죄를 저지른 중국 국적의 범죄자들을 함부로 처벌하지 않고 중국으로 추방을 한다.

그에 반해, 중국은 자국 내에서 범죄를 저지른 외국

인에 대해 자국법으로 처벌하였다.

이는 힘의 우위를 점하기에 할 수 있는 일이었다.

즉, 한국이 중국보다 국력이 강했더라면 중국인 범죄자도 한국의 법으로 처벌했을 것이란 소리다.

수호는 이런 점을 꼬집어 이야기하고 싶었지만, 현재 이곳은 중국이었고 중국인들이 어떤 사고를 가지고 있는지 잘 알고 있기에 더 이상 말하지 않았다.

"중국으로 도망친 자는 내 둘째 큰아버지를 납치한 자들의 배후다. 자신의 범죄가 발각되자 바로 중국으로 밀항을 한 범법자다."

수호는 자신이 누구를 쫓고 있는지 언급하고, 또 그가 중국의 깡패 조직과 연관이 있음도 알렸다.

하지만 이를 듣고 있는 주샹페이의 반응은 뜨뜻미지근하였다.

이는 자신과 상관이 없는 문제라는 것에서 비롯된 반응이었다.

그렇지만 다시 들려온 수호의 말에는 반응하지 않을 수 없었다.

그도 그럴 것이, 소샤오린 대교가 테러를 당한 현장에서 붙잡힌 이들의 정체를 수호가 알려 주었기 때문이다.

"현장에서 붙잡힌 이들의 정체가 장춘시를 비롯한 지

린성과 흑룡강성을 장악하고 있는 흑룡강파 조직원이
다."

흑룡강파에 대해선 주샹페이도 들어 알고 있었다.

또 그들의 영향력이 어느 정도인지도 잘 알았다.

지린성과 흑룡강성은 물론, 랴오닝성에도 일부 세력
을 뻗치고 있는, 동북에서는 상당히 큰 흑사회 조직이
었다.

그들은 기존 흑사회 조직이 다루는 술과 여자, 그리
고 마약, 공공연하게 군수 장비에도 발을 걸치고 있었
다.

군수 산업은 공산당이 대륙을 장악하면서 가장 중요
하게 하는 사업 중 하나다.

그렇기에 군수 산업에 발을 걸치고 있는 당 간부들이
상당하고, 또 이는 권력자가 끼지 않고는 손을 대기 힘
들었다.

하지만 권력자가 끼어 있다고 해서 모든 사업이 성공
을 하는 건 아니다.

또 중국에는 돈을 가지고 있는 자본가가 많지 않다.

아니, 돈을 가진 전주는 많지만 공산당 독재 체제 아
래 이를 드러내고 있는 사람이 몇이나 될까.

사유재산이 인정되지 않기에 겉으로 드러내는 사람이
거의 없는 상황이다.

그러다 보니 돈을 가지고 있는 사람이나 조직 중 두드러지는 것이 바로 흑사회 조직이다.

중국의 지도자와 권력자 중 사실 흑사회와 연관이 없는 이도 거의 없다고 할 수 있다.

그러니 많은 흑사회 조직들이 알게 모르게 사회 전반에 걸쳐 자리를 잡고 있었다.

분명 중국공산당도 흑사회, 즉, 깡패 조직은 불법이라 규정하고 있었다.

그렇지만 크게 단속하는 것도 아니다.

사회 이슈가 필요할 때, 혹은 자신들의 치적이 필요할 때 가끔 이들을 소탕한 뉴스가 TV를 통해 퍼질 뿐이었다.

이는 다른 자본주의 국가들이 정치인들의 흠집을 숨기기 위해 사건이 터지면, 연예인들의 스캔들을 터뜨리는 것과 별로 다르지 않았다.

동북 3성에 흑룡강파가 뿌리 깊게 자리를 잡고 세력을 퍼뜨리는 것도 사실 알고 보면 이런 권력자들의 비호가 있기에 가능했다.

그러니 공산당이 엄금하는 마약 유통을 하면서도 토벌이 되지 않는 것이다.

하지만 이번 일은 아무리 권력이 뒤를 봐주고 있다고 해서 그냥 넘어갈 일이 아니었다.

다른 것도 아니고 인민해방군, 그것도 일반 장교도 아닌 대교에 대한 테러였다.

인민해방군 대교는 군인의 단순한 계급이 아니다.

다른 서방국가나 같은 공산권 국가인 러시아와도 중국의 권력 구도는 달랐다.

중국의 인민해방군은 공산당의 군대이기에 이 중 일반 사병은 그저 자원한 군인이지만 장교부터는 달랐다.

공산당원이 되기 위해선 군인이 되어야 하고 장교로 올라갈수록 이들은 공산당원으로서 그 권력 순위가 올라가는 것이다.

그리고 대교라는 계급은 어느 국가나 마찬가지지만, 장군으로 올라가기 위해 준비하는 단계다.

또 장군이 되기 위해선 업적뿐만 아니라 집안의 후원도 필요했다.

그러다 보니 군벌 집안이 나오는 것이다.

소샤오린 대교의 집안도 사실 군벌 집안이다.

동북, 그것도 이곳 지린성 장춘시에선 확실한 기반을 가지고 있었다.

그렇기에 헌병대 상위인 주샹페이가 직접 나서서 조사하는 것이기도 했다.

"그게 확실한 것이오?"

소샤오린 대교의 테러에 동북 3성에 영향력을 행사하

는 흑룡강파가 있다는 소리에 깜짝 놀란 주샹페이가 소리쳤다.

"조사하면 다 나올 것을 내가 거짓말해서 얻을 이득이 뭐가 있지?"

"그런데 그걸 외국인인 당신이 어떻게 알고 있는 것이오?"

이미 수호가 거짓말하고 있는 것이 아니란 걸 느낀 주샹페이는 어투가 바뀌어 있었다.

하지만 의문이 가신 것은 아니었다.

수호가 한국인이라 자신의 입으로 이야기하였다.

그리고 중국에 들어온 지 얼마 되지 않는다고도 했다.

그런데 우연히 지나다 붙잡은 사내들이 흑룡강파 조직원이란 것을 어떻게 알고 있는 것인지 의문이 들지 않을 수 없었다.

그 생각은 금방 해소되었다.

"내가 쫓고 있는 주상욱이란 자가 내 둘째 큰아버지를 납치하기 위해 도움을 청한 곳이 바로 흑룡강파의 중간 간부인 양정이란 자로, 그는 이곳 장춘시를 장악하고 있는 흑사회 두목입니다."

자신이 어떻게 해서 이곳 지린성까지 오게 되었고, 또 자신이 쫓는 주상욱이 어떤 이유로 이곳 장춘시까지 오게 되었는지 자신의 생각을 들려주었다.

그러면서 최종적으로 자신이 현장에 있게 된 것이, 주상욱이 흑룡강파의 양정 부하들과 이곳 근처로 이동하고 있는 것을 찾았기에 뒤를 쫓다가 관여하게 되었음을 말하였다.

그리고 현장에 도착한 후 녹화한 블랙박스 화면을 그에게 보여 주었다.

큰 소리와 함께 화면이 흔들리는 장면.

차가 얼마를 달리자 도로 가장자리에 뒤집혀 있는, 소샤오린 대교가 부관과 타고 있던 차량의 모습.

등등이 멀리서 포착되었다.

"아!"

블랙박스 영상을 통해 수호가 지금까지 한 이야기는 거짓이 아님이 입증되었다.

또 수호가 흑룡강파 조직원들을 어떻게 제압한 것인지도 블랙박스 영상을 통해 모두 보게 된 주샹페이의 표정은 경악으로 물들었다.

* * *

글로리아 클럽 사장실에 앉아 업무를 보던 양정은 하던 일을 멈췄다.

'이놈들은 왜 이리 소식이 없어?'

사무실 벽에 걸려 있는 시계를 쳐다보며 시간을 확인한 그는, 아직 연락이 없는 장린과 부하들을 생각했다.

늦어도 지금쯤이면 결과가 나왔을 시간인데, 아직 연락이 없는 것을 보면 어떤 변수가 생겼거나 일이 틀어졌을 가능성이 있었다.

어느 쪽이건 양정에게 그리 좋은 소식은 아니었다.

타닥! 탁닥!

약간 초조한 느낌에 양정은 자신도 모르게 의자 팔걸이에 손을 얻고 손가락을 놀렸다.

"소샤오린 대교를 죽여라!"

"아니, 소가의 둘째를 말씀하시는 것입니까?"

"맞아."

"하지만 이곳에서 소가를 건드렸다가는……."

"물론 우리가 한 것이 발각된다면 위험하겠지만, 다른 사람을 내세운다면……."

"알겠습니다."

상부에서 내려온 명령으로, 어쩔 수 없이 소가 군벌의 둘째인 소샤오린에 대한 테러를 감행하기로 결정하고 시기를 보던 중이다.

솔직히 양정은 아무리 상부의 명령이라고 하지만, 이번 일에 자신의 수족을 내보내고 싶지 않았다.

자칫 잘못했다가는 자신이 모든 것을 덤터기 쓰고 날아갈 수도 있었기 때문이다.

자신의 조국이지만 중국은, 아니, 중국공산당은 자신들에게 도전하는 세력에 대해 극단적이라 할 정도로 무자비했다.

그 좋은 예가 바로 파룬궁 수련자들에 대한 탄압이었다.

처음 중국 지도부는 파룬궁 수련자에 대해 적극적인 후원을 했다.

하지만 파룬궁 수련자의 숫자가 늘어나고 공산당 당원의 숫자를 넘어서자 위기감을 느껴 탄압하기 시작했다.

파룬궁이 나타나 수련자를 모집할 때는 국가에 대한 충성심을 기르고 민족의 유대를 끈끈히 한다며 장려하기도 했다.

그렇게 정부의 홍보 아래 많은 중국인들이 파룬궁을 수련하자 불온 단체로 규정하고 마구 잡아들였다.

이 중 신체가 건강한 이들을 대상으로 중국공산당은 장기를 적출하여 장기 손상으로 필요한 이들에게 돈을 받고 판매하기 시작했다.

이 얼마나 끔찍한 일인가.

어떻게 산 사람의 몸에서 장기를 적출하고 물건을 팔 듯 다른 사람에게 판단 말인가.

이는 인간적으로 있을 수 없는 일이다.

그렇지만 중국공산당은 이를 버젓이 행하였다.

물론 자신이 속한 흑룡강파가 그런 중국공산당에 도전을 하려는 것은 아니다.

자신들 또한 많은 공산당 간부들과 연관을 맺고 있기에 조직의 규모가 이렇게 커질 수 있었다.

하지만 이곳 지린성에서 다른 사람도 아니고 북부전구의 절반을 차지하고 있는 소가 군벌의 둘째에 대한 테러는 자칫 흑룡강파를 무너뜨릴 수 있는 문제였다.

아니, 자신들을 봐주는 공산당 고위 간부가 도움을 준다면 살아날 수도 있지만, 분명 누군가는 소샤오린에 대한 책임을 져야 할 것이다.

그래서 윗선에서도 작업을 할 때, 죄를 뒤집어쓸 제3자를 내세우라 했지만 그래도 불안한 것은 매한가지였다.

더욱이 연락할 시간이 지났는데 아직까지 연락이 없는 것이 양정을 더욱 불안하게 만들었다.

쾅!

양정이 이렇게 불안한 마음으로 고민하고 있을 때,

느닷없이 밖에서 커다란 소음이 들려왔다.

*   *   *

수호는 북부전구 16집단군 제21포병부대 헌병대에서 조사를 마치고 나왔다.

그러고는 급히 장춘시 중심부에 있는 글로리아 클럽으로 향했다.

흑룡강파가 운영하고 있는 나이트클럽이고, 또 이번 사건의 배후가 바로 양정이란 것을 알고 있는 수호는 혹시나 헌병대가 자신이 이번 소샤오린 대교의 테러 용의자로 흑룡강파라는 것을 알려 준 것 때문에 가장 가까이에 있는 양정을 잡아들일 수도 있기에 헌병대를 나오자마자 슬레인을 통해 그의 소재를 찾은 것이다.

중국 인민군 헌병대는 군인인 소샤오린 대교에 대한 테러를 조사하기 위해 흑룡강파를 잡아들일 것이다.

하지만 자신은 그것과 무관하게 중국으로 도망친 주상욱의 소재를 파악하는 것이 우선이었다.

그러니 이번 사건으로 놓쳐 버린 주상욱의 소재를 파악하기 위해선 흑룡강파, 아니, 정확하게는 주상욱과 거래를 하던 양정이 필요했다.

겨우 찾은 실마리를 놓쳐 버린 현재, 헌병대보다 먼

저 양정을 확보해야만 했다.

그렇지 않고 헌병대가 먼저 양정을 잡아들인다면 자신은 양정이 무사히 나올 때까지 기다려야 하기 때문이다.

하지만 수호는 이곳 중국에서 언제까지나 머물러 있을 수만은 없었다.

그리고 그건 슬레인도 마찬가지였다.

한국에서 해야 할 일이 있기에 최대한 빠른 시일에 일을 마치고 한국으로 돌아가야 했다.

장춘 시내로 들어온 수호는 슬레인의 안내를 받으며 글로리아 클럽 내부로 들어갔다.

그런 후, 요란한 댄스 음악이 울리는 스테이지가 아닌 복도를 따라 흑룡강파의 간부들, 정확하게는 이곳의 사장 양정이 있는 사무실을 향해 걸었다.

그러자 양정의 부하들이 수호의 길을 막아섰지만, 그를 막을 수는 없었다.

퍽!

쿵!

앞을 막아서는 이가 있으면 별다른 힘도 들이지 않고 급소를 가격해 기절시키거나 가볍게 벽으로 던져 무력화시켰다.

"죽여!"

자신들의 동료가 수호에게 너무 무력하게 나가떨어지는 것을 본 깡패 하나가 소리쳤다.

이에 겁을 먹고 머뭇거리던 깡패들이 허리춤에서 칼과 도끼 등 무기를 꺼내 들고는 수호에게 달려들었다.

그냥 맨손으로 덤비는 것이 무리라고 생각한 이들은 무기를 손에 들자, 덤벼들 용기가 생겼는지 고함을 질러 댔다.

"이야!"

"죽어!"

휙!

당랑거철이란 말이 있다.

이 말은 중국의 제나라 때 제공이란 사람이 사냥을 나가다 그가 탄 수레의 앞을 막아선 사마귀의 모습을 보고 한 이야기로, 제 역량은 생각지 않고 강한 상대에게 덤벼드는 모습을 비유하는 이야기다.

무기를 들었건, 들지 않았건 일반인은 수호의 상대가 되지 않았다.

아니, 일반인이 아니라 무술을 배운 사람이나 현대의 무술이라 할 수 있는 MMA, 즉, 종합 격투기를 배운 사람도, 또 사람을 상대하기 위해 군사 훈련을 받은 특수 부대원이라 할지라도 수호에게는 전혀 위협이 되지 않았다.

수호는 외계인에게 유전자 조작을 받기 전에도 무공훈장을 받을 정도로 탁월한 전투 능력을 가지고 있던 특급 전사다.

그런 수호가 외계인에 의해 유전자 조작으로 초인이 되었다.

최고의 살인 기술을 연마한 상태에서 인간을 초월한 육체 능력을 가지게 되었으니, 그 시너지 효과는 이루 말할 수 없었다.

그러니 흑룡강파가 이곳 동북 3성에서 위세를 떨친다 해도 수호의 상대가 결코 될 수는 없다.

하지만 흑룡강파의 졸개들은 이런 것도 모르고 손에 든 무기에 용기를 얻어 무작정 덤볐다.

퍽! 퍽!

자신을 향해 달려드는 흑룡강파의 깡패들을 상대하는 수호의 손길에는 그 어떤 자비도 없었다.

다만, 자신의 능력을 잘 알고 있는 수호는 모든 힘을 쏟아 깡패들을 공격하진 않았다.

이들이 깡패라고는 하지만 어찌 되었든 중국인들이다.

외국인인 자신이 이들을 무자비하게 살해하게 된다면, 아무리 소샤오린의 비호가 있다고 해도 무사할 것이라고 장담할 수 없었다.

물론 능력을 모두 발휘하여 억지로 빠져나갈 수는 있 겠지만, 중국 정부가 이를 그냥 두고 보진 않을 것이다.

어찌 되었든 자신들의 나라에서 자국민이 외국인에게 살해되었다면 구속을 해야 자국민에게 체면이 설 것이 다.

그러니 만약 수호가 제지를 무시하고 억지로 중국을 빠져나간다면, 중국 정부는 수호의 조국인 한국 정부에 항의하고 신병 구속을 요청할 것이 자명했다.

중국인이 타국에서 범법 행위를 하는 것은 무시하면 서, 타국인이 자국민에 대한 범죄 행위를 하였을 때는 억지를 부리는 것이 중국 정부다.

이런 것을 잘 알기에 수호는 적당한 선에서 손을 썼 다.

쾅!

"무슨 일이야!"

큰 소란이 일자, 저 멀리 복도 끝에 있던 방에서 문이 열리며 양정이 모습을 드러냈다.

"형님, 조심하십시오."

수호가 복도를 천천히 걸어오자 그 앞을 막고 있던 흑룡강파의 조직원 중 하나가 뒤에 있는 양정을 향해 소리쳤다.

타다다.

양정의 얼굴을 확인한 수호는 자신의 앞을 막고 있는 깡패들을 한 번 쳐다보고는 빠르게 몸을 날렸다.

굳이 그들을 상대하기보단 두목인 양정을 잡아 자신의 목적을 이루는 것이 더 낫다는 판단을 내리고 행한 일이다.

"어!"

지금까지와 다르게 갑자기 몸을 날려 복도의 벽을 차고 막아선 자신들을 지나쳐 버린 수호를 보며 깡패들은 하나같이 경악을 금치 못했다.

설마 사람이 벽을 밟고 막아선 자신들을 넘어갈 줄은 상상도 못 했기 때문이다.

영화에서나 가능한 것을 직접 눈으로 보게 되자, 깡패들은 물론이고, 뒤에서 이를 지켜보던 양정도 놀라기는 마찬가지였다.

"넌 누구……."

누군지 모르는 자가 부하들을 뛰어넘어 자신에게 날아오는 것을 본 양정이 막 소리를 지르려던 찰나.

어느새 그의 앞에 도착한 수호는 그의 멱살을 잡고 방금 전 그가 나온 사무실로 끌어당겼다.

"윽!"

갑자기 목이 졸리게 된 양정은 순간 답답함에 신음을 흘렸다.

"조용히 묻는 말에만 대답하면 무사할 거다."

수호는 신음을 흘리는 양정을 보며 고저 없는 목소리로 말했다.

그런 수호의 목소리에 양정은 몸이 굳어져 아무 말도 하지 못했다.

"이 사람 알지?"

손목의 스마트워치에 내장된 홀로그램 장치를 이용해 주상욱의 얼굴을 띄워 양정에게 보여 주었다.

'헉!'

갑자기 허공에 자신이 알고 있는 사람의 얼굴이 떠오르자 양정은 기겁했다.

영화에서나 나올 것 같은 장면을 직접 눈으로 목격하게 되니, 순간 겁이 난 것이다.

조금 전에도 그렇고, 또 지금 보고 있는 것을 생각하면 눈앞에 있는 상대는 자신이 상상할 수도 없는, 비밀스러운 곳에서 온 사람일 것이라 여긴 양정은 놀라는 한편 수호가 보여 준 주상욱의 얼굴을 한 번 더 살펴보았다.

'뭐 하는 사람이지? 무엇 때문에 주 사장을 찾는 거지?'

아무리 깡패라 하지만 양정 정도의 위치에 오르면 머리도 깨이고 정치적인 감각을 가지게 된다.

깡패라고 다 같은 깡패가 아닌 것이다.

"무엇 때문에 주 사장을 찾는 것입니까?"

비록 겉으로는 수호의 나이가 자신보다 한참이나 적어 보였지만, 양정은 쉽게 말을 놓지 않았다.

이는 주상욱의 형편을 알고 바로 말을 놓은 것과는 대조적이었다.

하지만 이게 바로 깡패들의 전형적인 모습이다.

자신보다 약하다 싶은 사람에게는 아래로 깔보고 자신보다 강자라 판단되는 사람에게는 극 자세로 대한다.

지금 양정도 이미 본 것이 있고, 또 자신의 사무실에서 수호가 보여 준 홀로그램이 얼마나 대단한 것인지 느꼈기에 아주 자연스럽게 나왔다.

"그건 네가 알 거 없고. 이자는 지금 어디 있어?"

수호는 단도직입적으로 물었다.

주상욱의 행방을 놓쳤으니 조금 더 시간을 주게 되면 어디로 달아날지 모르기 때문이었다.

분명 그는 자신의 신분을 숨기기 위해 가짜 신분증도 소유하고 있을 것이니 당연한 판단이었다.

그 가짜 신분증을 만들어 주었을 가능성이 높은 사람이 바로 앞에 있는 양정이었다.

"모릅니다."

"몰라? 어제 여길 방문했다가 네 부하들과 함께 나간

것으로 알고 있는데?"

수호는 자신이 알고 있는 것을 말하며 양정을 압박했다.

'헉! 어떻게 그 사실을 알고 있는 거지?!'

수호의 말을 들은 양정은 깜짝 놀랐다.

소샤오린의 처리를 위해 아무도 모르게 부하들과 함께 보냈다.

이는 소샤오린의 집안인 소가 군벌의 영향력이 동북은 물론이고, 내몽골 지역까지 걸쳐 있기에 혹시나 일이 알려지게 되면 자신과 흑룡강파, 그에 속하는 가족들까지 무사할 수가 없었다.

그 때문에 자신의 다른 부하들도 모르도록 은밀하게 일을 처리하기 위해 몰래 빠져나갔다.

그런데 이런 사실을 알고 물어오는 수호의 모습에 양정은 저도 모르게 긴장하고 말았다.

"함께 간 놈들은 소샤오린 대교를 테러하다 붙잡혀 제21포병대 헌병대에 붙잡혔다."

수호는 양정의 얼굴을 쳐다보며 그간의 이야기를 해주었다.

그러면서 양정의 표정 변화를 읽기 위해 한시도 눈을 떼지 않았다.

"이곳을 나갈 때는 함께 나갔는데, 현장에는 주상욱

만 없었다."

수호는 사건 현장에서 CCTV를 통해 양정의 부하들만 보았다.

분명 이들과 주상욱이 함께 이곳 글로리아 클럽을 나갔고, 또 함께 장춘시 외곽도로로 빠져나가는 것을 보았는데 현장에 없는 것을 확인했다.

즉, 소샤오린에 대한 테러를 하기 직전 헤어졌다는 소리다.

현장에 있던 장린을 포함한 깡패들에게선 주상욱의 행방에 대해 물어볼 수가 없었다.

사고를 당한 소샤오린에 대한 조치를 취하고 막 주상욱에 대해 물어보려던 때에 연락을 받은 군인들이 현장으로 들이닥쳤기 때문이다.

그렇게 현장에서 물어보지 못했으니, 이제는 어쩔 수 없이 깡패들의 두목인 양정을 찾아 물어볼 수밖에 없었다.

"주 사장의 행방은 저도 알 수가 없습니다."

양정은 지금까지 수호가 하는 이야기를 모두 들었다.

처음 나타났을 때부터, 그리고 그가 가지고 있는 기기들의 오버테크놀로지와 정보는 개인이 가지고 습득할 수 있는 범위를 한참이나 벗어난 것이다.

비록 깡패이지만 양정도 그 정도는 알고 있었다.

당사자인 자신도 정확하게 파악하지 못한 것을 눈앞에 있는 삼자가 정확하게 알고 있는 것을 보며 어떤 거대한 조직이 있을 것이라 판단한 양정은 자신이 알고 있는 범위 내에서 모든 것을 말하였다.

"그러니까 네 말은 소샤오린 대교를 사고처럼 위장하고 그 범인으로 주상욱을 세울 생각이었다는 말이지?"

"네. 이번 일은 북부전구, 아니, 16집단군에 포탄과 화약을 납품하고 있는 선양화기 화약공사에서 지시가 내려와 벌인 일입니다."

양정은 무엇 때문에 주상욱이 그의 부하들과 함께 움직이게 된 것인지 모두 발설하였다.

결론을 말하자면, 선양화기 화약공사에서 지린성 일대에 주둔하고 있는 북부전구 16집단군 예하부대에 화약과 포탄을 납품하고 있는데, 이들이 비리를 저질렀고 이를 조사하는 담당이 소샤오린 대교였다는 것이다.

소샤오린 대교는 포탄과 화약이 계약된 대로 정상 납품이 되지 않고 저질 화약, 불량 화약과 포탄이 납품된 것에 대한 조사를 하다 선양화기 화약공사와 몇몇 장군들이 연관된 것을 포착했다.

이에 대대적인 조사를 하려던 때, 이를 눈치채고 소샤오린을 암살하려던 것이다.

자신들이 직접 나섰다가는 자칫 소샤오린의 집안인

소가 군벌과 전면전을 할 수도 있기에 흑룡강파를 이용하였고, 흑룡강파 또한 자칫 일이 끝난 뒤에 자신들의 정체가 탄로 났다가는 어떤 일을 당할지 뻔히 알기에 제3자, 외국인인 주상욱에게 덮어씌우려 한 것이다.

5. 의문의 USB

양정은 현재 벌어지고 있는 상황을 믿고 싶지 않았다.

40여 년을 살아오면서 지금과 같은 상황은 겪어 보지도, 듣지도 못했기 때문에 이해할 수도, 또 누군가에게 자신이 겪은 일을 이야기한다고 해도 이해시키지 못할 터였다.

이곳에선 자신의 말이라면 장춘시 시장의 말보다 더욱 강력한 작용을 했다.

하지만 이제는 아니다.

상부의 명령으로 북부전구에 큰 영향력을 가지고 있

고 이곳 장춘시를 비롯한 동북 3성에서 막강한 권력을 가지고 있는 소가 군벌의 차기 가주에 대한 테러를 감행했다.

처음 이런 명령을 받았을 때, 실패는 생각지도 않았다.

소샤오린 대교가 근무를 하고 있는 포병부대 내에서 흑룡강파에 도움을 주는 세력이 있었기 때문이다.

개혁 개방의 물결이 동북 3성에도 불어오면서 북부전구 내에서 소가 군벌의 힘은 견제를 받기 시작했다.

사실 이는 중앙군사위 내에서 소가 군벌에 대한 견제가 들어오면서 시작된, 어쩌면 당연한 일이었다.

다만 오랜 시간, 동북 3성에 자리를 잡아 왔기에 군제가 개편되었음에도 아직 소가 군벌의 힘은 북부전구 전체는 아니더라도 이곳에서는 강력한 힘을 발휘한다.

그래서 소가 군벌을 견제하려는 쪽에서 흑룡강파와 손을 잡고 그들의 아들을 이번 기회에 제거하려고 하였다.

그렇지만 하필 주상욱을 쫓고 있던 수호와 엮이면서 테러는 실패로 끝나고 말았다.

그저 일을 벌이기 전, 미수에 그쳤다면 다음 기회를 노려 볼 수도 있을 것이다.

하지만 흑룡강파에게는 안타까운 일이나 소샤오린 대

교에 대한 테러는 완전히 실패로 끝났다.

더욱이 조사 과정에서 수호는 이번 테러에 흑룡강파가 있음을 언급했다.

"제21포병부대 대교를 테러한 사실이 지금쯤이면 북부전구 사령관에게 보고가 들어갔을 거다."

주상욱에 대한 것을 모두 들은 수호는 지금쯤이면 자신이 한 말이 이곳 지린성은 물론이고, 북부전구를 책임지고 있는 사령관에게 보고되었을 것이란 말을 해 주고는 자리를 벗어났다.

'주변에 있는 CCTV 영상에서 내 모습은 지워.'

양정의 사무실을 빠져나온 수호는 텔레파시로 슬레인에게 명령을 내렸다.

자신이 이곳 글로리아 클럽에 왔다 간 사실을 누군가가 알게 되는 걸 미연에 막으려는 것이다.

아니, 정확하게 자신이 주상욱의 거처를 알아내기 위해 흑룡강파를 습격하면서 보여 주던 능력을 보이는 것이 싫었다.

주상욱에 대한 마지막 흔적을 놓쳤다는 짜증스러운 기분 때문에 양정을 찾아가는 길에 힘을 과하게 사용하긴 했다.

그 때문에 자칫 중국 공안이나 군벌의 눈에 띌 수가 있어 수호는 이것을 막으려 했다.

[알겠습니다. 지우는 것보다는 딥페이크로 조작을 해 놓겠습니다.]

남을 속이려면 100% 거짓말을 하는 것보다 90%의 진실에 10%의 거짓을 섞는 것이 훨씬 성공 확률이 높다.

슬레인은 이러한 근거를 들어 수호에 대한 정보를 숨기기 위해 CCTV에 담긴 기록을 지우기보다는 그 기록 위에 정교한 영상 편집을 통한 딥페이크 기술을 이용해 감추기로 하였다.

현대의 AI를 이용한 딥페이크 영상 기술은 전문가도 그것이 진짜인지, 조작된 것인지 구분하기가 쉽지 않다.

더욱이 슬레인은 현존하는 영상 기술보다 더 뛰어난 기술을 가지고 있었다.

이것은 인터넷에 떠돌고 있는 기술을 모두 학습하고 이를 독자적으로 발전시켰기 때문이다.

슬레인은 이러한 딥페이크 기술을 이용해 마스터인 수호의 정보를 감추고 있었다.

이는 SH화학 이전의 여러 기업에 수호가 대주주 또는 대표로 있기 때문에 혹시나 수호의 뒤를 조사하는 조직이나 존재가 있을 수 있어 진즉부터 신경 쓰고 있는 분야였다.

그러니 이런 기술에 대해선 한 치의 오차도 없이 완

벽하게 처리할 것이다.

'그건 알아서 해! 그런데 주상욱의 흔적은 아직도 찾지 못한 거야?'

현재 수호의 관심은 자신의 흔적을 감추는 것보다 쫓고 있는 주상욱의 행방이었다.

이곳에서 자신의 흔적이 중국 정부에 알려진다 해도, 솔직히 수호는 걱정이 되지 않았다.

지금 같아선 누군가 자신을 막아 주었으면 하는 생각마저 들었다.

그래야 그것들을 때려 부수며 가슴속 깊은 곳에서 치밀어 오르는 감정을 해소할 수 있기 때문이었다.

한국에 있을 때, 아니, 문성국 일당에서 잠깐 납치되었을 때, 그리고 얼마 전 둘째 큰아버지가 조선족 조폭인 흑사파에 납치가 되었을 때, 기분 같아선 모두 때려 죽이고 싶었다.

하지만 수호는 그렇게 하지 않았다.

문성국 일당은 사실 처리 직전까지 가기도 했지만, 이성적인 판단에 재활용이 가능하다 싶어 금제를 하고 거뒀다.

그렇지만 흑사파의 경우, 진짜 그곳이 도심 한복판이 아니었다면 그곳은 피로 얼룩이 졌을 것이다.

그나마 다행인 것은 그곳이 대림동의 건물 안이고 주

변에 많은 상가들이 밀집되어 있으며 인구 밀도가 높은 지역이었기에 이성을 차릴 수 있었다.

비록 친척 간에 그렇게 끈끈한 정이 있는 것은 아니지만, 그래도 자신은 회사의 수장으로 모셨다.

그런 분이 여행이 금지된 치안이 부족한 나라도 아니고 전쟁이 벌어져 치안이 부재한 나라도 아닌, 세계에서 가장 치안이 잘 되어 있다는 대한민국 안에서 납치되었다.

그런 당사자는 얼마나 놀랄 일인가.

대한민국 국민이 생각하기에 자국 내에서 자신이 납치될 것이란 생각을 하는 이가 몇이나 될까.

더욱이 자신이 납치된 이유가 자신에게 있지 않고 다른 사람의 미끼 역할이라면 또 어떤 기분이 들까.

참으로 자괴감이 들 것이다.

수호는 납치되어 보기도 했지만, 자신은 인간의 한계를 넘어선 초인이었기에 자력으로 현장을 정리할 수 있었다.

하지만 둘째 큰아버지는 대림동 안 빌딩에서 구출한 뒤에 본 그 표정을 잊을 수가 없다.

그 뒤로 수호는 종종 뭔가 알 수 없는 분노가 깊은 곳에서 솟아날 때가 있었다.

이는 자신이 하는 일이 마음에 들지 않는 데서 오는

스트레스였다.

분명 자신이 계획한 일은 착착 진행이 되고 있었다.

중간에 잠시 잡음이 일기는 했지만 그리 큰 걸림돌은 아니었다.

하지만 이렇게 짜증이 나고 화가 나는 이유에 대해선 알 수가 없어 답답했다.

이럴 때면 수호는 종종 파괴 본능이 일곤 했다.

[주인님, 심장 박동 수가 위험 수위로 오르고 있습니다.]

슬레인은 급격히 올라가는 수호의 불안감을 느끼며 경고를 주었다.

사실 슬레인도 요즘 이것을 걱정하고 있었다.

슬레인이 존재하는 이유는 마스터인 수호를 돕기 위한 것이다.

그렇지만 현재 수호의 몸속에서 벌어지고 있는 일은 슬레인이 컨트롤할 수 있는 부분이 아니었다.

수호의 신체 내부에서 일어나고 있는 것의 이유는, 바로 수호 본인이 자신의 행동과 정신에 한계를 두고 있는 데서 벌어지는 것이다.

그러니 슬레인이 할 수 있는 것은 그저 마스터인 수호가 이를 이겨 내고 극복하길 기다리는 것뿐이다.

*   *   *

끼이익!

타다다다!

막 수호가 글로리아 클럽을 빠져나가고 5분여가 지난
뒤, 클럽 앞에 열 대의 군용 트럭이 정차한 뒤 군인들이
우르르 내렸다.

그리고는 군인들 수백 명이 글로리아 클럽이 있는 건
물 앞뒤로 삥 둘러 포위하듯 포진하였다.

이들은 방탄모에 방탄복, 그리고 손에는 제식 소총인
QBZ—95가 들려 있었다.

군인들이 건물을 에워싸자, 뒤늦게 또 다른 이들이
나타났다.

처음 총을 들고 나타난 이들과는 조금 다른 복장을
하고 있었는데, 이들은 총 대신 커다란 강화 플라스틱
으로 만든 방파와 곤봉으로 무장한 군인들이었다.

현장을 지휘하는 지휘관이 글로리아 클럽 입구에 서
서 소리쳤다.

"모두 잡아들여! 혹시라도 반항하는 자가 있다
면……."

클럽 안에는 분명 음악과 춤을 즐기기 위해 온 손님
이 있는 것을 알고 있음에도, 지휘관은 일말의 망설임
도 없이 건물 안에 있는 모두를 잡아들이라는 명령을

내렸다.

"하!"

짧은 기합과 함께 방패를 든 군인들이 질서 정연하게 건물 안으로 들어갔다.

"아악! 악악!"

"사람 살려!"

무장을 한 군인들이 들어간 지 1분도 되지 않아 클럽 안에서 비명 소리가 울려 퍼졌다.

안으로 들어간 군인들은 한 손에 한 명씩 사람들을 연행해 끌고 나왔다.

하지만 군인들에 의해 끌려 나오는 사람들은 누가 보더라도 클럽의 손님으로 보였다.

그렇지만 명령을 받은 군인들은 그런 걸 모른다는 듯 아무나 잡히는 대로 끌어당겼다.

소샤오린 대교 테러 용의자로 유력시되는 흑룡강파를 잡기 위해 조사 책임자인 주샹페이 상위는 찬바람이 불 정도의 냉막한 표정으로 사람들을 주시했다.

그의 눈에도 군인들에게 잡혀 나오는 사람들이 클럽의 손님인지, 흑룡강파의 조직원인지 알 수 있지만 이를 저지하지 않았다.

다른 때 같았으면 인민에 대한 폭력적인 행위로 지탄을 받을 수 있는 모습이었지만, 현재 그가 맡은 일은 인민해방군 대교에 대한 테러 용의자들을 잡아들이는 과 정이었다.

그러니 지금 벌어지고 있는 일은 전혀 걸릴 것이 없 었다.

한편, 이러한 모습은 멀리 떨어진 곳에 있는 수호의 눈에 모두 포착되었다.

*　　　*　　　*

3집 활동이 끝나자, 플라워즈의 공식적인 행사도 거 의 끝이 났다.

멤버별 개인 활동이야 몇 가지 남기는 했지만, 이 또 한 몇 개 없었다.

그러다 보니 플라워즈의 리더인 혜윤은 개인 활동도 하지 않기에 회사 연습실에서 열심히 연습 중이었다.

덜컹!

"언니, 뭐 하고 계세요?"

막 잡지 인터뷰를 마치고 돌아온 크리스탈이 연습실 문을 열고 들어오며 물었다.

"하, 넌 왔으면 인사를 먼저 해야지."

언제나 덜렁거리는 막내 크리스탈이 오늘도 연습실에 오면서 뭐 하냐고 물어 오는 것에 대해 혜윤이 살짝 훈계를 했다.

"헤헤, 언니!"

자신을 나무라는 혜윤의 말에 크리스탈이 혀를 살짝 내밀어 웃어 보이고는 얼른 그녀의 품으로 파고들었다.

그녀만의 필살기였다.

자신을 혼내는 엄격한 엄마 같은 혜윤에게 보이는 크리스탈만의 애교인 것이다.

"윽! 그만…… 인터뷰하느라 피곤할 텐데, 그냥 숙소로 들어가지 뭐 하러 회사로 와?"

혜윤은 안무 연습을 하느라 트레이닝복이 온통 땀으로 젖어 있어 자신을 안고 있는 크리스탈을 살짝 밀어냈다.

굳이 스케줄이 끝나고 회사로 올 필요도 없는데, 늦은 시간 회사 연습실로 온 크리스탈에게 물었다.

"응, 그렇긴 한데, 어차피 지금 이 시간에 숙소에 가면 나 혼자뿐인걸."

크리스탈은 다른 멤버들도 3집 활동이 끝나고 개인 활동을 하느라 지금 들어가 봐야 숙소에 아무도 없다는 것을 잘 알고 있었다.

크리스탈은 플라워즈의 다른 멤버들에 비해 외로움을 많이 타는 편이었다.

그녀의 국적은 미국이다.

한국계 미국인인 장수정, 플라워즈 활동명은 성을 빼고 이름을 영어식으로 해서 크리스탈이라 불리고 있다.

플라워즈는 공식 활동이 끝나면 짧게 휴식기를 갖는다.

데뷔 기간이 오래되고 인기가 많은 초특급 아이돌 그룹이라면 회사와 협상하여 정말 휴가다운 휴가를 요구할 수도 있다.

하지만 플라워즈의 경우, 이제 겨우 3년 차에 접어드는 아이돌 그룹이었고 인기를 얻기 시작한 것도 1년이 조금 넘었다.

2집 활동을 하면서 인기를 얻고 리더인 혜윤이 예능 프로에 출연을 하다 이슈몰이를 하게 되면서 인기가 급상승했다.

그러다 보니 플라워즈 멤버들은 그동안 활동하면서 편안한 휴식을 가질 기회가 적었다.

그 때문에 국내에 집이 있는 멤버들은 짧게라도 집에서 가족과 함께 시간을 보냈지만, 미국에 가족들이 있는 크리스탈의 경우엔 데뷔 이후 한 번도 집에 다녀오지 못했다.

그나마 작년 연말, 가족들이 크리스탈을 보러 한국에 와 연말을 함께 보낸 것이 전부다.

어린 나이에 가족들이 있는 미국이 아닌 한국에서 몇

년을 죽을 둥 살 둥 연예인이 되기 위해 연습을 하고 겨우 여자 아이돌로 데뷔하게 되었다.

데뷔만 하면 스타가 될 것이라 생각했지만 현실은 그렇지 않았다.

1년에 데뷔를 하는 아이돌이 얼마나 많은가.

대형 기획사의 아이돌부터 중소 규모의 기획사에서 내놓는 그룹까지 합하면 최소 100개는 넘을 것이다.

이 중 성공하여 이름을 알리는 그룹은 사실 손에 꼽을 정도다.

진짜 플라워즈가 이렇게 성공한 것은 기적과 같은 일이었다.

대형 기획사야 연습생 시절부터 관리를 받으며 팬을 확보하고 데뷔하다 보니, 성공이 보장되어 있다.

하지만 한빛 엔터와 같은 중소 규모의 기획사에 속하는 그룹은 그렇지 못했다.

TV에 한 번 출연하는 것도 낙타가 바늘귀에 들어가는 것만큼 힘든 과정을 거쳐야 하고 우연히 기회가 되어 출연한다고 해서 바로 인기를 얻는 것도 아니다.

그러한 과정을 겪고 이겨 내야만 아이돌 그룹의 이름이 알려지고, 또 그룹 내 멤버들의 팬이 생긴다.

크리스탈도 처음부터 그런 것은 아니지만, 미국에서 아이돌이 되기 위해 한국으로 넘어와 겪은 일 때문에 소심해져 버렸다.

그만큼 연예계 생활이 만만치 않았다.

그러다 우연히 삼촌을(?) 만나게 되었다.

물론 피로 연결된 삼촌이 아닌, 본인 입으로 삼촌이라 불러 달라고 한 사람(수호)을 만나게 되면서 크리스탈은 잊어버린 예전의 활발한 성격을 되찾게 되었다.

멤버들이 걱정할까 싶어 과장되게 행동하는 것이 아닌, 진짜 좋아서 나오는 자연스러운 장난스러움이었다.

하지만 그것도 한 달 전부터는 조용해졌다.

이는 자신이 힘들거나 누군가와 이야기하고 싶을 때면 자신의 이야기를 들어 주던 삼촌이 사라졌기 때문이다.

엄밀히 말하면 일 때문에 외국에 나갔다 온다며 가 버렸다.

외국이라도 연락이 되는 요즘 세상에 전화 한 통 없는 것에 크리스탈은 살짝 삐쳤다.

그러면서도 걱정이 되었다.

외국은 한국처럼 치안이 좋지 못했다.

또 총기 규제도 한국처럼 엄격하지 못한 나라가 많았다.

이런 생각에 걱정이 된 크리스탈은 혹시나 리더인 혜윤은 삼촌에 대해 알고 있는 것이 없는지 물어보기 위해 연습실에 있는 그녀를 찾아온 것이다.

핑계는 숙소에 혼자 남는 것이 싫다는 이유에서고.

"혹시 삼촌한데 뭐 들은 것 없어요?"

크리스탈의 질문에 혜윤은 순간 말문이 막혔다.

솔직히 그녀도 다른 멤버들과 함께 만난 이후로 삼촌 (수호)과 통화를 한 적이 없었기 때문이다.

수호를 삼촌이라 부르면서도 사실 혜윤은 수호에 대해 아는 것이 별로 없었다.

아니, 다른 멤버들과 다를 바 없다는 것이 바른 표현이다.

그런데 자신에게 삼촌에 대해 물어오는 크리스탈의 질문에 혜윤은 순간 기분이 다운되었다.

'아, 난 입으로 삼촌이라 부르면서도 삼촌에 대해 아는 것이 별로 없구나.'

작년 여름 TV 예능에 자신들의 이름을 알리기 위해 출연하다가 우연히 만났다.

그렇게 우연히 만나 잘생긴 외모에 호감을 가지기도 했다.

물론 그런 감정은 수호에 의해 중간에 차단되었지만 말이다.

그리고 그렇게 잊히는 듯하다가 정말이지 또다시 운명처럼 삼촌을 만났다.

그때 혜윤은 하늘에서 내려온 구원의 천사를 보는 듯했다.

자신들이 위기에 처했을 때 나타나 악당(깡패)들을 모두 물리치고 구해 주었다.

혜윤은 그 당시를 잊을 수가 없었다.

그런데 아이러니하게도 그런 감정을 가지게 된 것은 자신뿐만이 아니었다.

만약 수호가 자신을 삼촌이라 부르라며 선을 긋지 않았더라면, 겉으로 보이는 수호의 외모로 인해 그녀들은 자신의 본분을 잊고 달려들었을지도 모른다.

수호는 그것을 흔들다리 효과라 말하며 그녀들을 설득했다.

그의 거듭된 설명과 매니저들의 감시 속에 플라워즈 멤버들도 수호가 무엇을 원하는지 알고 그에 따르기로 했다.

그렇게 피는 통하지 않았지만, 플라워즈와 수호는 삼촌과 조카들이 되었다.

그런데 그런 삼촌과 벌써 한 달 넘게 통화를 하지 못했다.

물론 친삼촌과 조카라도 달에 한 번씩 통화하는 관계도 드물 것이다.

하지만 플라워즈가 생각하는 수호는 그런 일반적인

삼촌이 아니었다.

플라워즈가 힘들거나 어려울 때 기댈 수 있는 보호자였다.

사실 플라워즈는 작년, 밤늦은 시골의 외진 도로에서 깡패들에게서 구해진 뒤 그녀들에게 최고의 남자였다.

아직은 20대 초반과 10대 후반의 어린 나이였지만, 아수라장과 같은 연예계에 아이돌로 자리를 잡기 위해 무수히 많은 전장을 경험했다.

다만, 수호 본인이 선을 긋고 자신들을 대하기에 이를 따른 것이다.

그러니 한 달 동안 연락이 되지 않는 수호에 대해 크리스탈이나 혜윤, 그리고 이 자리에 없는 다른 플라워즈 멤버들은 수호의 소식을 애타게 기다리고 있었다.

"바빠서 우리 생각은 하나도 못 하나 보다."

혜윤은 자신도 모르게 작은 소리로 중얼거렸다.

그런 혜윤의 말에 크리스탈도 눈가에 습기가 차올랐다.

'그러게. 우리 생각 안 하나 봐!'

＊　　　＊　　　＊

"네, 아버지. 곧 들어갈 겁니다."

호텔로 돌아온 수호는 아버지로부터 전화를 받았다.

자신이 없더라도 순조롭게 공장이 돌아갈 수 있도록 조치를 취하고 주상욱을 잡으러 왔다.

하지만 예상보다 주상욱이 잘 도망쳤기 때문에 예정된 시간이 얼마 남지 않았다.

'제길.'

정말로 수호는 자신의 능력과 슬레인을 믿었다.

아니, 과신했다고 하는 것이 정확했다.

설마 주상욱이 현대 사회에 넓게 퍼져 있는 정보의 네트워크를 피해 이렇게 교묘하게 움직일 줄은 예상치 못했다.

솔직히 주상욱이 중국으로 밀항했다는 것을 알게 된 뒤로, 그는 죽은 목숨이라고 생각했다.

사람들은 착각하는 것이 있는데, 한국이 치안이 좋은 것은 주변에 감시 카메라가 많기 때문이라 여긴다.

그래서 한국이 세계 치안 순위 1등이라는 것을 국민들의 자유를 억압해 만든 결과물이라 폄하하기도 한다.

그렇지만 사실은 그렇지 않다.

시장 조사 기관 IHS에서 인구 천만 명이 넘는 주요 도시의 CCTV 설치 대수를 조사한 적이 있다.

이들은 전 세계에 10억 대 이상의 CCTV가 설치되어 있을 것으로 추정하고 국가별 치안과 CCTV의 관계도 조사를 했다.

그런데 놀라운 사실이 밝혀졌다.

전 세계 치안 순위 1위인 대한민국의 CCTV 설치 순위는 53위에 그쳤다.

그에 반해, 치안 순위가 30위인 중국의 경우 전 세계에서 가장 많은 CCTV를 설치한 나라로 선정되었다.

물론 IHS에서 인구수 천만을 기준으로 한 대도시를 조사한 것이고 여기서 대한민국은 수도인 서울만 조사되었다.

중국의 경우는 천만이 넘는 대도시 전체를 조사했는데, 상위 1~10위 내에 아홉 개나 되었다.

3위가 영국의 런던인 것을 빼고 모두 중국의 대도시였다.

이런 것을 보면 CCTV가 범죄 예방에 도움을 주기는 하지만, 절대적인 것은 아니란 사실을 알 수 있다.

수호는 이렇게나 많은 CCTV가 설치되어 있는 중국이다 보니, 주상욱을 찾는 것은 시간문제일 것이라 생각하고 느긋하게 준비한 후 그를 잡으러 중국으로 넘어왔다.

그렇지만 수호가 한 가지 간과한 것이 있으니, 중국은 한국처럼 네트워크가 촘촘하게 전국적으로 연결되어 있지 않다는 점이었다.

그 때문에 추적에 애를 먹었다.

겨우 찾은 흔적도 엉뚱한 사건에 휘말리면서 놓쳐 버렸다.

그러다 보니 예상보다 시간이 너무 걸려 목적도 이루지 못하고 한국으로 돌아갈 시간만 다가왔다.

"다른 일은 없죠?"

혹시나 자신이 알아야 할 일이 있는지 물었다.

"네. 별일 없으면 다행인 거죠."

자신이 중국에 와 있는 동안 회사에 별다른 일은 없다는 이야기를 들었다.

"그럼 모레 들어가서 봬요."

약속된 날짜가 있기에 수호는 귀국해서 보자고 말하고는 전화를 끊었다.

통화를 마친 수호는 잠시 호텔 밖을 내다보았다.

인구 700만 명이 넘는 대도시 장춘시지만, 왠지 이곳의 야경은 삭막하게 느껴졌다.

도시의 야경이란 것이 좀 그런 면이 없지 않지만, 중국의 도시들의 야경은 좀 심했다.

하지만 수호는 이를 보면서 뭔가 생각에 잠겼다.

*　　　　*　　　　*

안정훈은 불안한 표정으로 주변을 두리번거렸다.

겉으로는 자신의 불안감을 감추기 위해 애를 써 보지만, 그런 모습이 도리어 뭔가 숨기고 있다는 것을 알려 주고 있었다.

'언제 오는 거야!'

지금 그는 누군가를 만나기 위해 터미널에 나와 있다.

'제길, 괜히 제안을 받아들여서는…….'

개 버릇 남 못 준다고 하던가.

안정훈은 서울화학 대천 연구소 소장직을 내려놓고 중국의 한 화학 실험실에 스카우트되었다.

사실 자신이 소장으로 있던 연구소의 연구 자료를 빼내 넘기는 조건으로 많은 돈과 함께 더 좋은 조건으로 이직하였다.

원칙대로라면 이직이 불가능했지만, 연구소가 다른 기업으로 넘어가게 되면서 계약에 걸려 있던 이직 금지 조항이 유명무실해지며 이직을 하게 되었다.

중국의 기업 연구소로 옮기면서 연구를 제대로 해야 했지만, 안정훈은 그렇지 못했다.

이직 초반에는 기반을 쌓기 위해 열심히 연구에 매진했다.

하지만 시간이 조금씩 지나면서 안정훈은 일이 잘못

돌아간다는 것을 깨달았다.

자신이 다니던 연구소의 연구 자료를 빼돌려 중국 기업에 넘길 때까지만 해도 그들은 자신에게 모든 지원을 아끼지 않겠다고 약속했다.

그런데 그것이 얼마 지나지 않아 모두 공수표에 지나지 않았다는 것을 알았다.

그러한 사실을 알게 된 안정훈은 자신의 권리를 찾겠다는 생각에 또다시 연구 자료를 빼내기 시작했다.

생각대로 되지 않는다는 걸 알게 되었을 즈음, 접근한 한 사람을 통해 안정훈은 자신이 하고 있던 연구 자료는 물론이고, 그가 속해 있던 연구소의 다른 박사들 자료까지 모두 복사를 했다.

사실 처음부터 그럴 생각은 없었지만, 거래를 하던 브로커의 은근한 제안은 이미 연구보다 돈맛을 알아 버린 안정훈에게 직업윤리를 찾아볼 수 없게 만들었다.

그렇지만 불안감이 아예 없는 것은 아니었다.

이렇듯 자신의 이득을 챙기는 사람은 자신의 안위도 꽤 많이 신경 쓰는데, 안정훈 또한 그 범주에서 벗어나지 못했다.

자신이 하는 일이 범죄란 것을 잘 알고 있고, 또 이곳은 인권이 보장되지 않는 중국이라는 것을 알고 있기에 엄청난 짓을 벌인 용기에 비해 그의 간은 극히 작아 불안에 떨고 있었다.

"물건은?"

언제 다가왔는지 먼지 묻은 작업복을 입은 한 사내가 모자를 깊게 눌러쓰고 있었다.

"돈은?"

놀라긴 했지만 안정훈은 그만 들을 수 있도록 작게 대답하였다.

안정훈의 목적은 오로지 돈이었다.

돈 때문에 자료를 조작하고 사람도 죽였다.

그러니 이제 와 후회하지도 않고 조금 전까지만 해도 불안해하던 모습은 온데간데없이 돈을 요구했다.

스윽!

사내는 반으로 접힌 서류 봉투 하나를 품에서 꺼내 안정훈의 옆으로 밀었다.

그러자 안정훈도 품에서 작은 USB 하나를 꺼내 그에게 넘겼다.

그렇게 자신들이 원하는 것을 얻은 안정훈과 의문의 사내는 스쳐 지나가듯 그곳을 떠났다.

하지만 연구 자료와 돈을 거래하던 안정훈과 사내를 지켜보는 시선이 있었다.

"접선했다."

— 팡쯔는 바로 잡아들이고 그놈과 만나던 놈은 계속

추적해!

안정훈을 감시하던 사내의 이어폰에 지시가 내려졌다.

그동안 감시만 하던 것을 멈추고 연구소의 자료를 빼돌리던 팡쯔를 잡아들이란 명령이 떨어진 것이다.

"너, 너는 팡쯔를 잡아!"

*　　　*　　　*

장쥐린은 복잡한 터미널 안을 빠르게 걸었다.

'멍청한 팡쯔!'

그동안 거래하던 한국인에게 꼬리가 붙었다는 것을 뒤늦게 알게 된 장쥐린은 속으로 안정훈을 욕하며 걸음을 재촉했다.

추적자들에게 붙잡히게 되면 어떤 일이 벌어질지, 너무 잘 알기에 필사적으로 걸었다.

'이걸 어딘가에 숨겨야 할 텐데…….'

자신이 살기 위해선 일단 조금 전 안정훈에게 넘겨받은 USB를 숨겨야 했다.

만약 이것을 숨기기 전에 붙잡히게 되면 빼도 박도 못하는 외통수에 걸린다.

하지만 이것만 잘 숨겨 놓았다가 나중에 찾게 된다면

상당한 돈을 벌 수 있었다.

물론 그 전에 조금 고생은 하겠지만 말이다.

그렇게 장쥐린은 안정훈에게 받은 USB를 안전하게 빼돌리기 위해 모색하였다.

'아, 저기가 좋겠다.'

추적자들로부터 도망을 치면서 터미널 안을 헤집고 다니던 그의 눈에 대합실 의자에 기대어 앉아 있는 남자의 뒷모습이 보였다.

그런데 그 사내는 소매치기가 많은 이런 곳에서 방만하게 외투를 의자에 걸쳐 놓고 있는 것이 아닌가.

'잘되었다.'

장쥐린은 그렇게 목표를 정하고 빠르게 사내가 앉아 있는 의자로 접근하였다.

그리고 의자에 걸쳐져 있는 사내의 외투 주머니에 쥐고 있던 USB를 몰래 집어넣고 자리를 스쳐 지나갔다.

[……]

벗어 놓은 수호의 외투 주머니에 장쥐린이 USB를 넣고 지나가는 것을 슬레인은 진즉부터 지켜보고 있었다.

사실 장쥐린이 근처로 접근하자 방어 모드로 주변을 감시하다 포착하고 상황을 지켜본 것이다.

하지만 수호에게 접근한 장쥐린이 아무런 해코지를 하지도 않고 지나가는 것에 그냥 두고 본 것이다.

다만 그가 마스터인 수호의 외투 주머니에 넣은 물건이 무엇인지 궁금해지기는 했다.

[주인님, 어떤 사내가 의자에 벗어 놓은 외투 주머니에 무언가를 넣고 지나갔습니다.]

'응? 그게 무슨 소리야?'

잠시 생각할 것이 있어 집중하고 있던 수호는 느닷없이 들리는 슬레인의 텔레파시에 고개를 들고 물었다.

[누군가에게 쫓기는 듯했는데, 아마도 주인님의 옷에 뭔가 중요한 것을 숨긴 것 같습니다.]

아직 USB와 연결되지 않은 상태였기에 그게 무엇인지, 어떤 것이 들어 있는지 알 수가 없기에 슬레인은 조금 전 상황을 떠올리며 그런 판단을 내렸다.

— 북경으로 출발하는 고속 열차가 들어옵니다. 승객들은⋯⋯.

터미널 대합실 스피커에서 열차가 들어온다는 안내 방송이 들렸다.

이에 수호는 대화를 멈추고 의자에 걸쳐 놓은 외투를 들고 자리에서 일어나 게이트로 걸어갔다.

한편, 안정훈과 거래를 하는 장쥐린을 쫓던 사내들은 그가 갖고 있던 USB를 누군가의 옷에 숨겼다는 것도 모르고 수호의 곁을 지나쳤다.

"어디까지 가는 거야?"

장쥐린은 빠른 걸음으로 터미널을 벗어나고 있었고, 또 너무 복잡한 터미널의 환경 때문에 빠르게 쫓지 못하는 것이 답답해 투덜거리며 지나갔다.

자신이 탑승할 열차가 들어온다는 소리에 자리에서 일어나 걷던 수호는 자신의 옆을 지나치며 투덜거리던 사내들을 쳐다보았다.

검정색 양복을 입고 있는 것이 공안이나 정부에 속한 요원은 아닌 것으로 보였다.

하지만 그와 비슷한 느낌을 풍기는 것이, 사설 보안 업체의 직원이거나 기업이 운영하는 보안실 직원처럼 느껴졌다.

'뭔가 중요한 것 같은데⋯⋯.'

조금 전 슬레인이 한 이야기를 떠올리며 속으로 생각했다.

자신의 외투 주머니에 누군가가 넣은 물건이 있고 그것을 찾기 위해 보안 요원 같은 느낌을 풍기는 사내들이 복잡한 터미널 안을 분주히 다니는 것만 봐도 중요한 물건임을 알 수 있었다.

'좋은 것이 들어 있었으면⋯⋯.'

수호는 자신이 결코 좋은 사람이라 생각지 않는다.

그랬기에 자신의 수중에 들어온 것이 좋은 물건이라면 잘 활용해 줄 용의가 있었다.

더욱이 이곳은 중국이지 않은가.

세계의 많은 것들이 불법적으로 카피되고, 또 중요한 연구 자료들이 해킹을 통해 수집되고 있는 나라, 그곳이 바로 중국이다.

입으로는 세계의 중심이라고 떠들지만, 하는 행동은 삼류 양아치보다 못한 것이 중국이고 중국인들이다.

그러니 무엇 때문에 저들끼리 쫓고 쫓기는 것인지 보지 않아도 빤했다.

6. 비행기 안에서 만난 인연

열흘간의 중국행을 마치고 한국으로 귀국하기 전, 수호는 잠깐 시간을 내 혜윤에게 전화를 걸었다.

원래는 플라워즈 멤버들이 3집 컴백을 하기 전에 만나 응원을 해 주기 위해서 저녁 식사라도 사 주려 하였다.

하지만 여러 일들이 일어나면서 약속은 차일피일 미뤄졌다.

시간이 지나고 그녀들이 활동을 끝내고 휴식기에 접어드는 오늘에야 연락하게 되었다.

"응, 대충 일을 마무리하고 한국으로 들어가려고 공

항에 있어. 이제 비행기에 탑승해야 하니 다음에 만나서 이야기하자."

괜한 이야기를 하기보단 적당한 거짓말을 섞어 혜윤과 통화한 수호는 돌아가서 보자는 말을 하고 전화를 끊었다.

그렇지 않아도 방금 전 수호가 예매한 비행기 편이 수속을 시작했다는 안내 방송이 들렸다.

저벅저벅!

통화를 마친 수호는 게이트로 걸어갔다.

— 신사, 숙녀 여러분. 저희 동방 항공은…….

비행기 기장의 안내 방송이 흘러나오자, 수호는 자신의 자리에 앉아 몇 시간 전 고속철 터미널에서 누군가가 자신의 외투 주머니에 넣은 USB를 확인하기 시작했다.

겉으로 보기에는 여느 평범한 USB와 다를 게 없었다.

"슬레인, 안에 내용물이 뭐가 있는지 알아봐."

수호의 비행기 좌석은 비즈니스석이라 좌석의 여유가 있기에 작게 말해도 옆 사람에게 들리지 않았다.

[알겠습니다.]

슬레인에게 의문의 USB에 들어 있는 정보를 조사하라 말한 수호는 다른 사람들이 좌석에 앉을 때까지 조용히 눈을 감고 있었다.

그러면서 이번 중국행에 대해 되돌아보았다.

'비록 목적은 이루지 못했지만, 깨달은 것이 있어 그리 나쁘진 않았어.'

처음 한국을 떠나 중국행 비행기를 탔을 당시만 해도 금방 주상욱을 찾아 처리하고 귀국할 줄 알았다.

옛말에 진인사대천명이라 하던가.

수호는 주상욱을 찾는 것 따위는 일도 아니라고 생각했다.

아무리 넓은 중국이라 해도 현대 사회에서 완벽하게 벗어날 수는 없기 때문이다.

그렇지만 그 결과는 수호가 예상한 것과 너무도 달랐다.

그렇게나 많은 CCTV가 설치되어 있음에도 불구하고 주상욱이 상하이를 통해 북경을 간 뒤로는 흔적이 끊겨 버렸다.

겨우 궁리하여 주상욱이 거래하던 흑룡강파의 간부인 양정을 찾아갔을지도 모른다는 생각을 떠올리며 장춘시로 갔다.

그곳에서 양정을 감시하고 흑룡강파의 움직임을 살

피던 중 우연히 주상욱이 양정을 찾아간 사실을 알아냈다.

장춘시 전역에 깔린 CCTV를 통해 겨우겨우 찾은 주상욱의 꼬리를 놓칠세라 수호는 급하게 그 뒤를 따라갔다.

하지만 나타나야 할 주상욱은 보이지 않았다.

그곳에서 마주한 것은 흑룡강파의 조직원들이 중국 인민해방군 고위 장교인 소샤오린 대교를 테러하는 현장이었다.

길을 가다 어려움에 처한 사람을 보게 된 수호는 얼른 현장에 끼어들었다.

딱 봐도 깡패들이 누군가를 테러하는 모습이었기 때문에 끼어는 섯이나.

그런데 수호가 시간을 허비하고 조사하는 동안 주상욱이 도망쳐 버렸다.

군인들이 현장에 나타나기 전, 흑룡강파의 깡패들을 추궁해 곧 주상욱이 나타난다는 이야기를 들을 때가지만 해도 중국에 온 일을 마무리하고 돌아갈 수 있겠다는 생각을 했다.

그런데 사건은 그렇게 흐르게 내버려 두지 않았다.

소샤오린이 테러를 당할 것을 막아 주었음에도 불구하고, 수호는 마치 테러의 주범처럼 인민해방군 헌병

조사관에게 조사를 받았다.

솔직히 기분이 좋지는 않았지만 자신이 외국인이다 보니, 그럴 수 있다고 억지로 자신을 위안하며 조사를 마쳤다.

뒤늦게 사과받기는 했지만 딱 봐도 그 조사관은 전혀 미안한 기색이 없었다.

아무튼 그 때문에 겨우 꼬리를 잡은 주상욱의 흔적은 또다시 사라지고 말았다.

그렇다고 해도 수호가 그냥 중국을 떠나는 것은 아니었다.

수호는 중국을 떠나기 전 슬레인에게 지시하여 장춘시 공안 컴퓨터에 스파이웨어를 심은 것처럼, 북경에 도착하자마자 중국 공안의 서버에도 스파이웨어를 심었다.

더 나아가 이 스파이웨어는 중국 전역으로 퍼져 수호가 입력한 대로 주상욱에 대한 정보를 수집하도록 세팅을 하였다.

비록 직접 찾아내지는 못하겠지만, 이렇게 심어 놓은 스파이웨어는 언젠가 주상욱이 실수로 흔적을 드러내게 된다면 그 뒤론 절대로 그의 흔적을 놓치지 않을 것이다.

그렇기에 수호는 아직 주상욱을 잡지 못했지만, 걱정

하지 않고 중국을 떠날 수 있는 것이기도 했다.

[주인님, 잠시 보셔야 할 것이 있습니다.]

수호가 깊은 생각에 잠겨 있을 때, 넘겨받은 USB를 살피던 슬레인이 그를 불렀다.

USB 안에 들어 있던 정보가 심상치 않았기 때문이다.

'무슨 일인데 그래?'

깊은 사색에 잠겨 있던 수호는 느닷없이 자신의 사색을 방해하는 슬레인의 부름에 조금 짜증이 난 투로 물었다.

하지만 평소 자신이 생각에 잠겨 있을 때는 절대 방해하지 않던 슬레인이기에 조금 의아한 생각마저 들었다.

[고글을 쓰시고 봐 주시기 바랍니다.]

느닷없는 요구에 수호는 잠시 의아했지만, 현재 그가 있는 곳은 자신의 집이나 회사 연구실이 아닌 비행기 안이었다.

그렇기 때문에 스마트워치를 이용한 홀로그램으로 USB의 내용을 출력하는 데 애로 사항이 있어 어쩔 수 없었다.

스윽!

수호는 어쩔 수 없다는 생각에 외투 안주머니에서 안

경을 꺼내 썼다.

겉으로 보기에는 평범한 것으로 보이지만, 수호가 가지고 있는 안경은 결코 평범하지 않았다.

오래전 세계적인 검색 엔진을 개발한 구골에서 선보이던 구골 글라스와 기능이 비슷한 안경이었다.

다만, 기능이 훨씬 개선되어 있고, 또 당시 구골이 가진 첨단 기술들을 아득히 뛰어넘는 기능이 들어 있었다.

"흠!"

수호는 안경 표면에 뜬 기호들을 보며 자신도 모르게 낮은 신음을 흘렸다.

누군가가 자신의 주머니에 넣고 간 USB 안에 이런 엄청난 정보가 들어 있을 것이라고는 꿈에도 생각하지 못했다.

USB에 들어 있던 정보는 단순한 한 기업의 영업 비밀이나 신개발품이 들어 있는 것이 아닌, 세계 각국 유수의 대학 연구소나 군수업체에서 연구 개발한 무기들의 설계도와 개념이 들어 있었다.

뿐만 아니라, 그것을 토대로 연구하던 자료까지 일부 들어 있는 것이 아닌가.

만약 이것이 외부에 알려지기라도 한다면 외교적인 문제로 비화될 수도 있었다.

비록 완성된 연구물이 아니더라도 심각한 외교 마찰을 일으킬 수 있는 자료들이 상당했다.

이에 놀란 수호는 잠시 이것을 어떻게 처리할지 궁리하였다.

'하, 이걸 어쩐다?'

USB에 있는 정보가 중국만의 것이라면, 수호도 이렇게 고민하진 않았을 것이다.

만약 중국에서 연구하던 자료들이라면 자신이 가져다 개선하여 사용하면 되니까.

하지만 USB에 있는 자료는 중국의 것이 아닌, 미국이나 프랑스 등 유럽 여러 나라에서 연구 개발하고 있는 무기들이 대부분이었다.

개중에는 러시아에서 개발하고 있는 첨단 미사일에 대한 정보까지 있어 이것을 함부로 건드리기엔 문제가 있어 보였다.

'넌 어떻게 했으면 좋겠어?'

슬레인이 자신에게 물어본 것이지만, 수호도 쉽게 판단을 내릴 수가 없자 다시 슬레인에게 되물었다.

[조금 더 연구를 해 보면 충분히 사용 가능할 것 같습니다.]

수호의 질문에 슬레인은 USB에 있는 연구 자료를 바탕으로 조금 더 연구한다면 원 개발자들이 알아보지 못할, 조금 더 개선된 물건을 만들어 낼 수 있을 것 같다는 의견을 내놓았다.

사실 수호에게 말은 하지 않았지만 USB 안에는 슬레인에게 도움이 될 만한 것도 들어 있었다.

그것은 미국의 테슬라 연구소에서 수년간 연구하고 있는 상온 아크원자로와 일본 미쓰이에서 연구 중인 초전도 물질이었다.

특히, 이 중 일본의 미쓰이 연구소에서 연구하고 있는 초전도 물질의 경우, 잘만 활용한다면 외계인이 만든 초인공지능 생명체인 슬레이브에 근접하는 인공지능을 만들 수도 있을 것으로 짐작되는 물건이었다.

그 때문에 슬레인은 이것들을 조금 더 연구해 개선을 한다면 인간과 비슷한 휴머노이드를 만들어 낼 수도 있을 것이라 판단하였다.

그렇기에 위험하다고 USB를 파기할 것이 아니라 몰래 연구해 보길 권한 것이다.

'넌 여기 있는 것을 연구해 보고 싶다는 거지?'

[네, 그렇습니다. 이런 것을 보고 하늘이 돕는다고 하는 게 아닐까요?]

마치 인간인 듯 슬레인은, 우연히 손에 넣게 된 USB를 가리키며 그렇게 말하였다.

솔직히 수호도 슬레인과 비슷한 생각을 하였다.

분명 USB에 들어 있는 자료는 무척 위험한 것들이었다.

그렇지만 다른 사람에게 USB의 내용이 알려지지 않는다면 괜찮지 않을까, 하는 생각을 하였다.

또 USB 안에 있는 것들을 활용한다면 자신의 계획이 절반 이상은 빠르게 이루어질 것만 같았다.

수호가 이런 생각하는 데는 다 이유가 있었다.

어처구니없게도 USB 안에는 지구상 현존하는 모든 종류의 무기들이 들어가 있었는데, 그중 중국과 러시아의 최신 전투기 설계도는 물론, 미국의 F—16V와 스텔스 전투기인 F—35의 설계도 일부가 들어 있었다.

몇 년 전 한국은 4.5세대 전투기 개발을 시작하였다.

주변국은 5세대 전투기를 개발하거나 개발을 완료하여 실전 배치를 하고 있는 중인데, 한국은 이제야 겨우 5세대(스텔스) 전투기도 아니고 그보다 한 단계 떨어지는 4.5세대 전투기를 개발한다고 하자 국내에서도 말들이 많았다.

더욱이 한 번도 자체적으로 전투기 제작을 해 보지 못한 한국이다 보니, 외국에서도 이에 대한 말들이 많았다.

그럼에도 한국 정부는 주변의 우려에도 자체적으로 전투기 제작을 천명하며 개발을 시작했다.

그리고 얼마 전 전투기에 들어가는 엔진도 자체 생산할 수 있는 길을 열었다.

이는 수호도 한발 걸치고 있는 일이기에 슬레인이 띄워 준 미국과 러시아, 그리고 중국의 전투기 설계도들을 보며 눈을 반짝였다.

현대의 전쟁은 제공권을 누가 장악하느냐에 따라 전쟁의 양상이 달라진다.

제공권을 상실한 나라는 전쟁 수행에 있어서 수세적인 입장을 취할 수밖에 없다.

그에 반해, 제공권을 장악한 나라는 언제, 어떤 상황에서도 공세적 우위를 점하면서 전쟁을 수행할 수가 있다.

이는 아군의 피해를 최소한으로 하면서 전쟁을 승리로 가져갈 수 있다는 이야기와 같았다.

비록 구형이기는 하지만 수호에게는 전투기 엔진이 있었다.

그런데 이번에 운 좋게 최신 전투기 설계도 또한 수중에 들어왔다.

물론 그대로 제작할 수는 없겠지만, 이것을 참고로 새로운 전투기를 설계할 수도 있었다.

'우리에게 전투기를 생산할 수 있는 항공기 제작 회사가 있던가.'

수호는 잠시 자신이 계약한 회사 중에 항공기 제작을 할 수 있는 곳이 있는지 떠올려 보았다.

[전투기를 제작할 정도의 기술력을 가지진 못했지만, 경비행기를 만드는 항공기 회사가 있습니다.]

수호가 유심히 보고 있는 전투기 설계도에서 그가 어떤 생각을 하고 있는지 짐작한 슬레인이 바로 대답하였다.

작년, 슬레인이 주식을 통해 돈을 벌어 여러 회사들을 계약했다.

그중 하나가 이카로스 항공이라는 경비행기를 제작하는 회사다.

자본금 3억 원에 직원의 수는 사장을 합쳐 열두 명인 아주 작은 회사로, 이 중 회계와 자금을 담당하는 직원 두 명, 그리고 회사 경비 네 명을 뺀 여섯 명이 전부인 꽤 작은 회사였다.

이 때문에 이카로스 항공은 레저용으로 사용하는 경비행기를 만들었다.

그렇지만 한국에서는 경비행기라도 구입이 쉽지 않고, 또 유지비도 많이 들어 그리 각광받는 직업은 아니다.

그저 비행기를 사랑하고 만드는 것을 좋아하는 이들이기에 겨우 유지를 해 오다 슬레인에 의해 회사가 수호에게 넘어오게 되었다.

'그런데 그 회사에서 이것들을 만드는 것이 가능하기

는 할까?'

전투기와 경비행기는 그 궤가 다른 물건이다.

같은 비행기라 할 수도 있지만, 사용되는 엔진부터 다르고 또 들어가는 소재도 많이 다르다.

[어차피 바로 이것들을 만들 것은 아니니, 이카로스를 좀 더 키운 다음에 제작하는 것은 어떻겠습니까?]

'키워?'

[네. KAI가 그러던 것처럼, 저희도 항공 인력은 물론이고, 선박 산업의 불황으로 놀고 있는 인력을 이카로스 항공으로 스카우트하는 건 어떻습니까?]

슬레인은 한국항공우주산업주식회사(KAI)가 KFX를 개발할 당시 사용하던 방법을 언급했다.

자체적으로 전투기 제작을 한 적이 없던 KAI는 여러 전문가와 매체의 우려에도 전투기 제작을 단시일 내에 이루기 위해 여러 가지 방법을 모색했다.

그중 하나가 바로 항공기와는 다른 선박 제작의 기술 자들을 대거 영입한 것이다.

처음에는 이런 KAI의 행보에 무리수란 말을 하던 사람들이 시간이 흐르면서 알 수 없던 KAI의 행보를 지켜보며 고개를 끄덕일 수밖에 없었다.

슬레인도 이러한 KAI의 행보를 언급하며 이카로스 항공의 규모를 키우는 것에 선체를 만드는 기술자들과 소프트웨어를 개발하는 기술자들을 분리하여 말하였다.

'그거 괜찮은 방법이군.'

수호도 선박을 만들던 기술자라면 비행기의 본체를 충분히 제작할 수 있다는 생각을 떠올리며 슬레인의 제안을 받아들였다.

그렇게 문제 하나가 해결되자, 그 뒤의 일은 일사천리로 진행되었다.

처음 USB의 자료를 확인할 때만 해도 위험한 물건이란 생각에 파기하려고 했다.

하지만 그 안의 내용이 너무도 매혹적이라 그냥 파기하는 것은 아깝다는 생각에 슬레인과 논의를 하였는데, 이렇게 좋은 의견을 내놓으니 수호로서는 여간 시원한게 아니었다.

"저기요?"

수호가 슬레인과의 대화에 빠져 있을 때, 누군가가 그를 불렀다.

＊　　　　＊　　　　＊

이제 겨우 산시성과 허베이성, 그리고 산둥성에 이름을 알리기 시작한 링링은 느닷없이 한국에 진출하라는 사장의 지시에 화가 났다.

물론 한국은 문화와 예술이 잘 발달되어 있어 몇 년만 다녀오면 분명 큰 인기를 얻을 수 있었다.

하지만 그건 처음부터 한국에 진출했다가 중국으로 돌아온 아이돌에 한해서의 이야기다.

자신처럼 어느 정도 나이가 있는 연예인의 경우는 한국에서 잘 먹히지 않는다.

즉, 자신과 같은 경우 오히려 한국 진출이 독이 될 수도 있다는 소리다.

그럼에도 사장은 자신을 콕 집어 한국에 가야 한다고 했다.

자신이 거부하는 데도 막무가내로 밀어붙이는 것에 의구심이 들었는데, 아니나 다를까 당에서 압력이 들어왔다.

정부의 비밀 프로젝트를 도우라는 것이 아닌가.

협조하면 차후, 편하고 안정된 노후를 보낼 수 있도록 보장하겠다는 이야기도 하였다.

그러면서 3천만 위안을 계약으로 제시했다.

그제야 링링은 자신이 정상적인 해외 진출이 아니란 것을 깨달았다.

겉으로는 정상적인 계약을 통해 해외(한국) 진출로 보이면서, 뒤로는 정부의 지시로 누군가를 만나는 등의 일을 할 것이다.

영화나 드라마에만 있는 줄 알았는데, 그 일을 자신이 해야 한다는 것에 링링은 사실 겁이 났다.

그렇지만 거절했을 때 자신이 겪어야 할 일을 생각하면 이도 쉽지 않았다.

그러는 한편, 마음 한구석에 이건 기회라는 생각도 들었다.

며칠 전 몇 년 만에 만난 친구들과 여행을 다녀왔다.

자신과 달리 집안이 좋아 자신이 원하는 사업도 하고, 또 다른 친구는 원하는 해외 유학도 다녀왔다.

하지만 자신은 집안 형편이 친구들에 비해 좋지 못했기에 집안의 도움을 받을 수 없었다.

갖은 핍박 속에서 어렵게 다른 경쟁자들을 물리치고 지금의 위치까지 올랐다.

그렇지만 오르는 것에는 한계가 느껴졌다.

아등바등해서 올라온 것이 겨우 스무 개가 넘는 성과 자치구 중 세 개의 성에서만 이름을 알린 정도다.

겉으로는 화려하지만, 그 내면을 보면 백조의 발길질만큼이나 치열했다.

그렇게 고생해 봐야 친구들에 비해 보잘것없음을 이번 여행에서 깨달았다.

그래서 승낙하고 말았다.

3천만 위안의 계약금을 받고 링링은 그들의 요구대로

한국행을 택했다.

그렇게 한국을 향해 비행기에 오른 링링은 자신의 좌석을 확인하곤 고개를 끄덕였다.

한국으로 가는 비행기는 특실이 없었기에 비즈니스 클래스라면 충분히 자신을 대우한 것이라 생각해 나온 행동이었다.

'나쁘지 않네.'

국내에서 활동할 시, 다른 유명 스타들이 자가용 비행기를 이용할 때, 링링은 지금처럼 일반 비행기를 이용했다.

그때 링링은 이코노미 클래스를 주로 이용했다.

다른 거대 기획사였다면 최소 비즈니스 클래스를 끊어 줬겠지만, 링링의 소속사는 그렇지 않았다.

사실 이것도 링링이 계약을 잘못해 벌어진 일이다.

성공하고 싶은 마음에 성급하게 불리한 조건으로 계약하면서 벌어진 일이라 어쩔 수 없었다.

그렇지만 이젠 아니다.

대학 졸업 후, 별 볼 일 없이 한참을 놀다가 졸업한 지 2년이 지난 어느 날, 지금의 기획사와 계약하였다.

일명 길거리 캐스팅이 된 것이다.

그렇기에 조건이 별로 좋지 못했다.

그나마 인기를 얻고 난 뒤, 계약 조건이 약간 상향된

정도다.

아무튼 원하진 않았지만 일단 대우는 좋은 것 같아 기분이 조금 풀렸다.

그렇게 기분이 좋아진 링링은 주변을 살폈다.

중국 북경에서 한국의 서울까지는 겨우 980㎞ 정도밖에 되지 않는다.

그렇기에 사실 비즈니스 좌석도 사람이 그리 많이 차지하지 않았다.

'어!'

비즈니스 클래스에 누가 탔을까 주변을 살피던 링링의 눈에 한 사람의 모습이 들어왔다.

일주일 전쯤 메이린과 함께 또 다른 친구인 소치엔를 만나기 위해 지린성 장춘에 갔다.

그리고 셋은 오랜만에 만난 기념으로 장춘시에서 가장 잘나가는 클럽으로 놀러 갔다.

그런데 그곳에서 지금까지 봐 온 남자 중 가장 잘생기고 세련된 남자를 보게 되었다.

세 사람은 누가 먼저랄 것도 없이 한눈에 그 남자에게 반해 버렸다.

잘나가는 군벌 가문의 자녀인 소치엔도, 유럽의 잘생긴 모델을 보다 온 메이린, 그리고 연예계에서 많은 미남 미녀를 본 링링 본인도 그때 글로리아 클럽 앞에서 본 사내의 모습을 잊을 수가 없었다.

하지만 그 미남은 마치 신기루처럼 그날 이후 단 한 번도 보지 못했다.

친구들과 링링은 혹시나 한 번이라도 더 볼 수 있을까 싶어 매일 글로리아 클럽에 출근하듯 했지만 그런 일을 일어나지 않았다.

아니, 나흘째 되는 날 느닷없이 들이닥친 군인들로 인해 글로리아 클럽은 폐쇄되고 말았다.

당시 링링과 메이린은 상당히 놀랐다.

느닷없이 들어온 군인들이 클럽 안에 있던 사람들을 마구잡이로 잡아 건물 밖으로 끌고 갔기 때문이다.

다행히 자신들은 친구 소치엔이 함께하고 있었기에 그런 험한 일은 당하지 않았지만 무서운 것은 사실이었다.

아무튼 그렇게 한 번만 더 보고 싶다는 소망에 여행도 중단하고 클럽을 전전했는데, 설마 한국으로 가는 비행기 안에서 보게 될 줄은 상상도 못 했다.

'이런 것을 인연이라 하는 것인가.'

'무슨 생각을 하는 있는 것인지 모르지만, 생각하는 남자…… 너무 섹시해.'

다른 곳은 쳐다보지도 않고 무언가를 생각하는 남자의 모습에 링링은 심장이 두근거렸다.

그러면서 자신도 모르는 상태에서 성인이나 할 수 있는 상상까지 하였다.

꿀꺽!

상상을 하다 보니 링링은 목이 타서 마른침을 삼켰다.

링링은 그렇게 한참을 망설이다 그에게 말을 걸어 보기로 하였다.

"저기요?"

두근거리는 마음을 억누르며 조심스럽게 불렀다.

그런 링링의 목소리에 사내가 돌아보았다.

*　　　　　*　　　　　*

수호는 갑자기 누군가가 자신을 부르자, 저도 모르게 목소리가 들린 곳으로 시선을 돌렸다.

"네? 절 부르신 겁니까?"

수호가 고개를 돌린 곳에는 검은 머리에 전형적인 고양이 상의 중국인 미녀가 앉아 있었다.

"실례지만 혹시 일주일 전쯤에 장춘시에 머물지 않으셨나요?"

'음?! 이 여자는 누군데…….'

느닷없이 자신을 보며 장춘시에 머물지 않았냐는 여

자의 질문에 수호는 깜짝 놀랐다.

설마 비행기 안에서 자신의 행적을 알고 있는 사람을 만날 것이라고는 예상치 못했기 때문이다.

'슬레인, 누군지 알아봐.'

수호는 급히 슬레인에게 텔레파시를 보내 자신에게 말을 건 여성의 신분을 알아보라 하였다.

혹시나 자신의 행보를 눈치챈 중국 공안이나 정보 요원일 수도 있었기 때문이다.

[본명은 모이령이고 연예계 활동 명은 링링. 나이 29세이며 주 활동 지역은 허베이성과 산시성, 산둥성으로……]

슬레인은 명령이 떨어지자 바로 링링에 대해 프로필을 알아내 수호에게 보고하였다.

"그렇긴 한데……."

링링이 위험인물이 아니란 것을 알게 된 수호는 바로 대답하였다.

수호가 자신의 질문에 긍정적인 대답을 하자, 링링은 기다리지 않고 그의 말을 끊으며 이야기하기 시작했다.

"아, 그 사람이 맞구나. 제 이름은 링링……."

링링은 뭐가 그리 기분 좋은지 한껏 흥분되어 말했다.

역시나 아름다운 미녀라 해도 중국인인 것은 다르지 않았다.

아니, 그녀의 말이 크거나 시끄럽다는 것이 아니라, 특유의 성조 때문에 빠르게 이야기하면 꽤나 소란스럽게 들렸다.

그녀가 하는 이야기를 들어 보니, 몇 년 만에 만난 친구들과 어울려 클럽에 갔다가 자신을 보았다는 것이다.

그러면서 친구들에 대해서도 알려 주었다.

그런 이야기를 들은 수호는 자신을 링링이라 불러 달라는 그녀가 자신감이 조금 부족한 것은 아닌가 하는 생각을 하게 되었다.

그렇지 않고서야 잘 모르는 남자와 이야기하는 데 굳이 자신의 친구에 대한 말을 할 필요가 없기 때문이다.

물어보지도 않았는데 스스로 그런 이야기를 한다는 것은 내가 이런 사람과도 친구라고 어필하면서 자신의 존재감을 높이려는 것이기 때문이다.

자존감이 낮은 사람들이 보일 수 있는 정형화된 경우다.

그렇게 뜻하지 않게 수호는 비행기 안에서 아름다운 중국 미녀와 대화를 나누게 되었다.

더불어 참으로 인연이 놀라운 게, 링링의 친구 중 한 명이 자신이 구해 준 중국군 대교의 여동생이란 점이었다.

원래는 한국에서 친구들과 모이기로 했는데, 그중 소

치엔이 오지 못하게 되었다는 것을 시작으로 이야기하였다.

그 친구 소치엔이 소샤오린 대교의 친여동생임도 알게 되었다.

"와! 어떻게 이런 인연이…… 소샤오린 오빠를 구해 준 사람이 수호 오빠였어요?"

어느새 링링은 수호에게 오빠라 부르게 되었다.

사실 이것은 링링 자신이 한국에서 활동하게 되었다는 이야기를 듣고 기획사에서 공부를 시켰기에 나오는 행동이다.

물론 연기자인 링링의 행동이 모두 100% 연기란 것은 아니지만, 호감을 느낀 수호에게 조금이라도 가까이 다가가기 위해 한국의 드라마와 영화에서 한국 남자들이 좋아한다는 '오빠'라는 단어를 적극 활용하는 중이다.

물론 수호는 어색한 중국 미녀의 '오빠'라는 한국어가 의도된 단어임을 알지만, 그래도 미녀가 불러 주는 호칭은 듣기에 나쁘지 않았다.

'뭐 의도가 보이긴 하지만 나쁘지 않네.'

하지만 뒤이어 들린 링링의 말에 수호는 순간 당황하지 않을 수 없었다.

"오빠, 오늘 저녁에 저랑 함께 보내지 않을래요?"

'앵, 이게 무슨 아닌 밤중에 홍두깨야?'

느닷없이 저녁을 함께하자니, 수호는 순간 너무 놀라 눈이 동그랗게 커졌다.

"뭐어… 놀랄 수 있다는 것은 알겠는데, 솔직히 저 그날 오빠한테 첫눈에 반했어요."

링링은 급기야 사랑 고백까지 하였다.

"그렇다고 애인이 되어 달라는 것은 아니에요. 전 한국에서 꼭 성공할 거예요."

뭔가를 다짐하듯 링링은 그렇게 말하며 연예인으로 성공하기 위해, 그것도 외국인인 자신이 한국에서 성공하기 위해선 많은 일을 겪어야 할 거란 것도 이야기하였다.

하지만 고난을 극복하는 것은 쉬운 일이 아니기에 그 전에 자신에게 뭔가 보상을 주어야겠다는 다짐을 했다는 것이다.

참으로 이해할 수 없는 링링의 정신세계였지만, 그 말이 그렇게 이상하게 들리진 않았다.

만약 한국인이 그런 말을 했다면 좀 특이한 사람이라 생각할 수도 있겠지만, 자신이 모르는 중국인의 정신에 수호는 뭐라 말할 수 없었다.

"이런 말을 한다고 해서 제가 쉬운 여자는 아니에요. 남자는 딱 두 번 사귀어 봤어요."

링링은 급기야 자신의 연애까지 이야기해 주었다.

"연예인이 되고 첫 드라마 촬영을 할 때, 같은 드라마에 출연한 남자 연예인이었는데, 저보다 인기가 있는 사람이었어요. 하지만……."

'으음…….'

수호는 놀라지 않을 수 없었다.

자신과 정식으로 대화하는 것은 이번이 처음이다.

며칠 전 길거리에서 한 번 본 후 첫눈에 반했고 우연히 비행기 안에서 만나게 되어 기분이 좋다는 것은 알겠는데, 그녀의 말은 완전 TMI였다.

굳이 자신에게 들려줘 봐야 쓸데없는 이야기인 것이다.

아니, 오히려 이런 건 그녀가 숨겨야 하는 은밀한 이야기였다.

그럼에도 링링은 스스럼없이 모든 것을 공개하고 있었다.

[이성에 대한 주인님의 장악력은 역시나 대단하군요.]

슬레인이 조용히 상황을 지켜보다 그렇게 말하였다.

'조용히 해.'

갑자기 끼어드는 슬레인에게 수호는 경고를 주었다.

"소원이에요. 저랑 사귀자고는 하지 않겠어요. 하루만이라도……."

링링은 급기야 애원하듯 검은 눈동자를 반짝이며 수호에게 하루만이라도 애인이 되어 달라는 부탁을 하였다.

솔직히 링링 정도의 미녀가 그런 부탁을 하면 들어주지 않을 남자가 몇이나 될까.

아마 거절하는 남자는 남성의 기능을 하지 못하는 고자이거나 동성에 관심이 있는 게이이거나 혹은 트랜스젠더 중 하나일 것이다.

그리고 링링의 부탁은 수호에게 그리 나쁘지 않았다.

사실 어떤 목적 때문에 한동안 남자로서의 욕구를 억제하고 있었다.

이는 보통 사람을 능가하는 이성적 자제력이 있기에 가능한 거지, 평범한 성인 남성이 이렇게 오랫동안 금욕을 했다면 분명 사고가 나도 진즉에 일어났을 것이다.

"좋아."

거듭된 링링의 부탁에 수호도 오늘 하루만 그녀의 애인이 되어 주기로 했다.

어떻게 보면 상황이 역전된 것처럼 보일 수도 있었다.

하지만 한국처럼 남자와 여성의 역할이 정해진 것이 아닌 중국은 남녀 가리지 않고 자신이 반한 이성에게 먼저 대시하는 기조가 있었다.

그렇기에 링링도 비록 정식 애인이 될 수 없는 인연이라 할지라도, 자신이 반했기에 하룻밤만이라도 수호의 애인이 되고 싶었다.

그것이 상대의 욕구 해소의 창구가 된다 해도 자신이 그렇게 느끼지 않으면 된다는 생각해서였다.

더욱이 앞으로 자신이 한국에서 어떤 일을 하게 될지 알 수 없기에 그러한 두려움을 떨치려는 목적도 있었다.

그렇게 이상한 인연이 한국으로 돌아가는 비행기 안에서 일어나게 되었다.

'슬레인, 링링에 대해 좀 더 자세히 알아봐. 무엇 때문에 그녀가 한국에 가는 것인지 말이야!'

[알겠습니다.]

조금 전, 링링의 약력을 알게 되었을 때는 그러려니 했다.

하지만 그녀와 이야기하면서 느껴지는 것이 있었다.

링링이 한국으로 가는 게 그녀의 선택이 아닌, 누군가에 의해 강요된 것이라는 생각이 든 것이다.

그런 불안감에 처음 본 남자에게 하루만이라도 함께해 달라는 무리수를 두는 것이라 판단했다.

그러면서 언젠가 본 중국 관련 뉴스 보도가 문득 생

각났다.

동서고금을 막론하고 미녀를 이용한 첩보 활동은 그 성공률이 무척 높다.

고대에는 가까운 적국에 미남, 미녀를 침투시켜 미인계로 정보를 획득했다면, 현대는 통신이 발달되고 또 빠른 교통편으로 인해 전 세계가 일일생활권이 되었다.

그 때문에 가까운 나라는 물론이고, 지구 반대편에 있는 나라까지 적아를 구분하지 않고 스파이를 보내고 있다.

그렇게 해서 자국에 유리한 정보를 빼낸 걸 본국으로 보내 국방을 강화하고, 또 경제까지 부흥시키는 세상이 되었다.

이는 한국도 마찬가지로, 많은 곳에 정보 요원들을 보내 정보를 캐내고 자국의 정보가 다른 나라에 넘어가지 않게 막고 있다.

이런 와중에 중국은 많은 숫자의 미녀들을 이용해 여러 나라에 과학자나 고위 인사들 옆에 포진시키며 정보를 빼내고 있었다.

특히나 중국공산당 정부는 특수 훈련을 받은 전문 스파이를 양성해 침투시키기도 하지만, 연예계에 종사하는 미녀들을 이용하기도 했다.

미녀들을 접근시켜 성관계를 맺은 뒤, 그것을 빌미로

협박하여 정보를 빼내는 방법이다.

그러니 수호는 슬레인에게 지시를 내려 혹시나 모를 일에 준비하려는 것이다.

7. 목표를 위한 휴식

아침이 밝았다.

링링은 잠에서 깨었으나 뭔가 허전한 느낌이 들었다.

'아, 갔구나!'

차갑게 식은 텅 빈 침대 옆자리가 느껴지면서 어젯밤의 열기가 잠시 떠올랐다.

'으음……'

격렬하던 열기는 그간 경험하지 못한 기쁨을 그녀에게 안겨 주었다.

그 때문인지 아침에 눈을 떴을 때, 그가 없는 것이 무척 서운하면서도 어쩔 수 없다는 생각을 하게 되었다.

단 하룻밤만이라도 함께하길 원한 것은 그 누구도 아
닌 자신이기 때문이다.

그렇게 수호가 떠난 것에 아쉬워하고 있던 그녀가 막
자리에서 일어나려 할 때, 문이 열리는 소리가 들렸다.

덜컹.

"이제 일어났나 보네?"

"돌아간 게 아니었나요?"

문을 열고 들어오는 수호를 본 링링이 깜짝 놀라 물
었다.

조금 전까지만 해도 어제 함께한 수호의 흔적이 사라
진 것에 섭섭하고 아쉬웠는데, 그가 문을 열고 들어오
자 의외였다.

"아무리 하루만이라 해도 그건 매너가 아니지."

수호가 비록 그렇게 하기로 약속했지만, 하룻밤 함께
보낸 여자를 인사도 없이 홀로 두고 떠난다는 것은 매
너가 아니라고 말하였다.

"역시 오빠는 신사네요."

하루를 함께 지내고 여러 이야기를 하면서 둘의 나이
차이가 겨우 2년에 지나지 않음을 알게 되었다.

물론 한국인이라면 단 1년이라도 위아래가 나뉘며 나
이를 따졌겠지만, 링링은 동양인이라 해도 한국인이 아
닌 중국인이다.

그럼에도 지금 수호에게 오빠라 부르는 것이 어색하지 않았다.

"그런데 아침부터 어딜 다녀오시는 거예요?"

비록 하룻밤의 인연이지만 링링은 마치 오랜 연인을 대하듯 물었다.

"일찍 잠이 깨 호텔에서 운영하는 헬스장에서 잠시 운동 좀 하고 오는 중이야."

혹시나 자신이 없던 것에 오해하지는 않았을까 싶어 설명해 주었다.

"일어났으면 씻고 아침을 먹는 것이 어때? 아니면……."

수호는 그녀의 취향을 모르니 아침을 먹지 않겠냐 물어보면서도 혹시 아침을 먹지 않으면 다른 것은 어떤가를 물었다.

"아침 식사 함께해요!"

수호의 다정한 모습에 기분이 좋아진 링링은 침대 시트를 몸에 두르고 일어나 소리쳤다.

그리고 화장실로 뛰어가다 수호를 돌아보며 말하였다.

"금방 씻고 나올 테니 조금만 기다려요."

"기다릴 테니, 천천히 준비해."

하룻밤만이라 했기에 그녀의 소원대로 아침을 먹고

헤어질 때까지는 그녀의 뜻대로 들어주기로 하였다.

그러니 수호는 마지막까지 매너를 잃지 않고 차분하게 말했다.

링링은 기분 좋게 허밍을 하며 씻으러 들어갔고 침실에 혼자 남게 된 수호는 자신과 링링이 머물던 침대 위를 잠시 바라보다 응접실로 향했다.

"슬레인, 더 알아낸 것 있어?"

비행기를 타고 오면서 링링에게 느낀 어색한 점에 대해 조사시킨 수호는 이렇게 시간이 날 때면 보고를 받았다.

[링링이 소속될 밍친엔 코리아는 중국의 밍치엔 그룹의 자회사로⋯⋯ 중국공산당 중앙위원회와 밀접한 관계를 맺고 있는 그룹입니다.]

슬레인의 보고를 받는 수호는 자신의 예상이 맞았다는 것에 침중한 표정을 지었다.

[그런데 링링이 중국의 천인 계획에 얼마 전 포함된 것으로 보면, 처음부터 인재 포섭을 목적으로 키워진 스파이는 아닌 것으로 보입니다.]

추가된 설명이 있었지만 수호의 표정이 풀리지는 않았다.

'짐작대로 링링이 인재 포섭, 혹은 약점을 찾아 협박용으로 쓰일 것이 뻔한데 어떻게 해야 할까.'

중국공산당의 음모를 알게 되었고 누가 어떻게 할지 알게 되었는데, 이를 두고 본다는 것은 나라를 팔아먹는 매국 행위나 마찬가지란 생각에 고민이 되었다.

　[주인님, 뭘 그리 고민하시는 겁니까?]

　자신의 보고를 듣고 고민하는 수호를 잠시 지켜보던 슬레인은 그의 고민이 이해되지 않았다.

　[옛말에 친구는 곁에 두고 적은 더 가까이 두라고 했습니다. 중국의 의도를 알고, 또 누가…….]

　학습을 하며 예전에 본 동양의 격언을 수호에게 들려주었다.

　'그렇지. 링링을 어떻게 할지 고민할 것이 아니라, 오히려 내가 그녀를 통해 반간계를 쓸 수도 있는 일이야!'

　한참을 고민하던 수호는 슬레인의 조언을 듣고 깨달았다.

　굳이 거리를 멀리 둘 필요가 없었다.

　차라리 자신의 가까이에 두고 링링과 그녀를 이용하려는 이들에 대해 역으로 감시와 감청을 해 그들의 의도를 막으면 되는 것이다.

　그러다 도가 지나치다 싶을 때, 국정원이나 검찰에 신고하면 되는 것이다.

　그것도 아니면, 자신이 직접 손을 써도 되는 문제이고 말이다.

　그렇게 고민거리가 해결되자 마음이 편해지면서 여유가 생겼다.

덜컹!

수호가 그렇게 고민을 떨쳐 내던 때, 화장실에 들어간 링링이 샤워를 마치고 나왔다.

"오빠! 조금만 더 기다려 줘요."

아직 물기를 다 말리지 못해 젖은 머리로 나와 소리치는 링링.

그런 그녀를 보며 수호는 작게 미소 지어 주었다.

"천천히 해."

수호는 다시 한번 그녀에게 천천히 준비하라고 말해 주었다.

여자가 외출하기 위해선 많은 시간이 필요하다는 것을 수호도 잘 알기 때문이었다.

비록 연애 경험이 전무하다시피 하지만, 여자가 외출할 때 꾸미는 시간이 길다는 것은 경험이 없더라도 알 수 있었다.

*　　　*　　　*

왁자지껄한 공간.

호텔 복도를 걷는 플라워즈 멤버들은 다섯 명으로 구성된 여자 아이돌 그룹이라 조금 소란스러웠다.

그렇지만 그동안 그녀들이 고생한 것을 생각하면, 이

렇게 회사에서 휴가를 받아 여름에 떠나지 못한 휴가 대신 호텔에서 즐기는 호캉스를 하게 되어 기분이 업되어 그런 것이다.

"역시 5성급 호텔이라 그런지 침대가⋯⋯."

"맞아! 침대 시트도 무척 깨끗하고 뽀송뽀송했어!"

지민과 지수는 이곳 고려 호텔의 시설이 마음에 들었는지 자신들이 느낀 것들을 떠들어 댔다.

"언니, 전 방에 들어갔을 때 웰컴 쿠키와 장미 꽃잎이 들어 있던 욕조가 최고였어요."

플라워즈에서 막내 라인에 있는 혜리.

그녀는 로맨스 영화 속에서 여주인공이 누리던 최고급 호사를 그대로 옮겨 온 듯한 장미 꽃잎 욕조 서비스를 떠올리며 소리쳤다.

"맞아! 그건 나도 대박이었어."

비록 늦긴 했지만 소속사에서 휴가라는 명목으로 2박 3일의 호캉스를 누릴 수 있게 해 주었다.

5성급 호텔 스위트룸에서의 호캉스는 그녀들에게 별세계를 경험하는 좋은 기회였다.

아무리 플라워즈가 인기 아이돌 그룹이라고 하지만, 아직 미성년이 있는 그룹이다 보니 그녀들끼리 호텔에 들어올 일이 얼마나 있겠는가.

기껏해야 호텔 식당이나 라운지 정도가 다일 터이다.

그런데 한빛 엔터에서는 통 크게 호텔 스위트룸을 대여하여 2박 3일간 그녀들에게 마음껏 즐기고 싶은 만큼 즐기라고 하였다.

비용 일체를 회사에서 지불하는 특별 휴가다.

이는 여름 휴가철이 겹친 그녀들의 활동 기간 때문에 휴가를 가지 못한 걸 보상하는 차원에서 이런 식으로 대우해 주는 것이다.

"언니! 내가 듣기로 여기 조식이 그렇게 잘 나온데!"

어디서 들었는지 크리스탈이 지민을 보며 말했다.

"맞아! 나도 그런 말 들었어."

자신도 들었다면서 혜리가 소리쳤다.

"어!"

그렇게 자기들끼리 웃고 떠들며 식당가로 들어서던 플라워즈 멤버.

그런데 이때 크리스탈이 무언가를 본 것인지 깜짝 놀라며 걸음을 멈췄다.

"응? 수정아, 왜 안 오고 멈춰 있어?"

함께 걷다 말고 무언가에 놀라 서 있는 크리스탈에게 혜리가 돌아보며 물었다.

"저, 저기 좀 봐!"

무엇을 본 것인지 크리스탈은 눈도 깜빡이지 않고 손가락으로 방향을 지시했다.

"어머!"

크리스탈의 이상한 행동에 시선을 돌리던 혜리도 깜짝 놀라며 비명을 질렀다.

너무 이상한 막내의 모습에 다른 멤버들도 다가와 크리스탈이 보고 있는 방향으로 고개를 돌렸다.

"어?"

"어머!"

"사, 삼촌!"

그녀들이 보고 있는 곳에는 몇 달 동안 연락이 없던 수호가 아름다운 여성과 이야기하며 식사를 하고 있었다.

'누구지?'

오랜만에 보게 된 수호의 모습에 혜윤은 반가운 마음이 들기도 했지만, 그와 함께 있는 여자가 누군지 자못 궁금해졌다.

"이, 일단 여기 있는 것은 다른 사람들에게 불편을 끼칠 수도 있으니까 안으로 들어가자."

갑자기 수호의 모습을 보게 되어 당황했지만, 식당가 입구에 몰려 있는 건 다른 사람들에게 민폐를 끼친다는 걸 상기하며 얼른 상황을 정리하였다.

"네."

리더인 혜윤의 말에 대답했지만 플라워즈 멤버들의

목소리에는 힘이 없었다.

조금 전까지만 해도 회사에서 보내 준 호캉스에 모두가 즐거워했는데, 자신들이 좋아하는 삼촌이 다른 누군가와 웃으며 즐겁게 아침 먹는 모습을 보자 기분이 다운되고 말았다.

더욱이 이곳은 호텔이 아닌가.

그 말은 삼촌도 어젯밤 이곳에서 지냈다는 말과 같았다.

그렇지 않고서야 이 시간에 호텔 식당가에서 아침을 먹을 이유가 없기 때문이다.

＊　　　＊　　　＊

"앞으로 활동 계획 같은 것 있어?"

식당에서 링링과 함께 아침을 먹으면서 수호는 자연스럽게 이야기하게 되었다.

"회사에선 우선 한국어를 익히라고 했으니, 한국어 어학원에 다니지 않을까 싶어요. 물론 그동안 몇 건의 화보 촬영도 하고, 또 인터뷰도……."

음식을 먹으면서도 조신하게 대답하는 링링은 누가 봐도 사랑스러워 보였다.

"그……."

[주인님, 대각으로 8m 정도 떨어진 곳에 플라워즈 멤버들이 자리하고 있습니다.]

마침 또 다른 말을 하려던 때에 슬레인이 끼어들며 보고하였다.

'플라워즈?'

플라워즈가 호텔 식당에 들어왔다는 소리에 수호는 잠시 멈칫했다.

"오빠, 무슨 일 있어요?"

갑자기 말하다 말고 움찔하는 수호의 이상한 반응에 링링이 물었다.

"아니, 아무것도 아니야. 그런데 친구도 한국에 와 있다며?"

궁금해 물어보는 링링의 질문에 수호는 얼른 화제를 돌려, 비행기 안에서 이야기하다 들은 친구에 대해 물었다.

"아, 맞다."

링링은 그제야 메이린과 한 약속이 떠올랐다.

사실 링링이 한국에 오게 되면, 바로 연락하기로 했다.

그런데 비행기 안에서 수호를 만나 이야기하다 보니, 그에게 빠져 그만 메이린과의 약속을 잊어버리고 말았다.

"아, 어떡해!"

"왜? 무슨 일이라도 있어?"

갑자기 걱정하는 링링의 모습에 수호는 의아한 표정으로 물었다.

"그게……."

링링의 말은 수호와 함께 있는 시간이 너무 좋아, 그만 친구인 메이린과의 약속을 깜빡했다는 것이다.

"큭!"

그에 수호는 억눌린 웃음을 작게 터뜨릴 수밖에 없었다.

자신과 있는 것이 아무리 좋아도 그렇지, 친구와의 약속을 잊어버릴 정도라니 어처구니가 없으면서도 기분은 그리 나쁘지 않았다.

누가 봐도 눈에 확 띄는 미녀인 링링이 자신 때문에 친구와의 약속도 잊었다고 하는데 기분이 좋지 않을 수 있겠는가.

"그럼 지금이라도 전화하지 그래?"

생각난 김에 지금 친구에게 전화하는 것이 어떻겠냐며 수호가 물었다.

하지만 들려온 링링의 대답은 너무도 뜻밖이었다.

"아니에요. 친구는 나중에 만나고 지금은 오빠랑 함께 이 시간을 즐길래요."

'으음⋯⋯.'

[이분, 주인님에게 깊게 빠진 것 같습니다.]

느닷없는 링링의 대답에 할 말을 잃은 수호와 달리, 슬레인은 객관적으로 링링의 상태를 판단하였다.

한편, 식당 안으로 들어와 수호가 있는 테이블을 쳐다보는 플라워즈 멤버들은 그들끼리 작게 소곤거렸다.

"언니, 어떻게 되고 있어요?"

좌석의 배치상, 수호가 앉아 있는 테이블에 등을 지고 있는 혜리가 물었다.

"웃고 있어."

자신에게 물어오는 혜리의 질문에 지수가 아주 작게 대답하였다.

"그런데 뭐라고 하는지 넌 들려?"

"아니, 잘 안 들려요."

조금이라도 가까운 곳에 앉아 있는 혜리에게 무슨 이야기를 하고 있는지 물었지만, 혜리의 대답은 자신도 들리지 않는다는 것이었다.

그도 그럴 것이, 겨우 테이블 하나를 사이에 두고 마주 앉아 있는데 자신이 듣지 못한 것을 혜리가 들었을 거라 생각하고 묻는 게 어처구니없는 말이었다.

"분위기 참 좋아 보인다."

지민이 살짝 곁눈질로 수호가 있는 테이블을 쳐다보

다 자신도 모르게 중얼거렸다.

비록 아무 의도 없는 지민의 말이었다 해도, 이를 듣고 있던 혜윤의 표정은 살짝 굳어졌다.

수호가 혜윤을 비롯한 플라워즈 멤버들에게 삼촌과 조카로 지내자고 했지만, 사람의 마음이란 것이 바로 예스, 한다고 그렇게 사고가 돌아가는 것은 아니다.

나이 차이란 이유로 수호가 혜리에게 그렇게 이야기 했더라도 그녀의 마음은 그렇지 않았다.

자신의 마음은 연인이 되고 싶다고 말하고 싶었지만, 당사자가 그런 관계를 거부하고 있으니 일단 삼촌, 조카 사이라도 유지하자는 생각에 그동안 그렇게 행동했을 뿐이다.

옛말에 오빠, 오빠 하다 아빠가 된다고 하지 않던가.

혜윤은 그런 선배들의 조언을 듣고 조심스럽게 기회를 보고 있었다.

그런데 어디서 나타난 불여우인지 모르겠지만, 생각지도 않은 곳에서 자신이 좋아하는 삼촌이 이른 아침에 호텔 식당에서 아침을 먹고 있는 것을 목격하게 되었다.

그 때문에 지금 심기가 무척 불편했다.

다만, 동생들이 있는 곳에서 그런 것을 표현하기 싫어 억지로 참고 있는 것뿐이다.

하지만 그것도 모르고 동생들은 열심히 자신의 심기를 긁는 이야기만 하고 있었다.

*　　　　*　　　　*

식사를 마치고 라운지에서 차를 함께 마셨다.

조금 전 아침을 먹을 때까지만 해도 활짝 핀 장미 같던 링링은, 어느새 헤어질 시간이 다가왔다는 것을 느꼈는지, 모진 세파에 상처 입은 야생화처럼 측은해졌다.

하지만 수호는 그런 링링을 보며 그 어떠한 위로도 하지 않았다.

자신이 비록 위로를 해 준다 해도, 그건 링링에게 전혀 도움이 되지 않는다는 걸 잘 알고 있기 때문이다.

그렇다고 그녀와 사귄다는 것도 뭔가 맞지 않다고 판단되었다.

첫눈에 반한 것은 그녀이지, 자신이 아니기 때문이다.

어떻게 보면 이기적인 생각일 수도 있지만 어쩔 수 없었다.

심적으로 링링의 상황을 이해는 하지만 동조하지 않았다.

"이게 마지막은 아니겠지요?"

링링은 혹시나 하는, 작은 바람이 섞인 질문을 했다.

"응, 살다 보면 언젠가 또 만나지 않을까?"

그런 링링의 물음에 수호도 굳이 선을 그을 필요가 없기에 반박하지 않고 대답했다.

더욱이 링링의 뒤에서 그녀를 이용하려는 이들을 감시하기 위해서라도 눈을 떼진 않을 것이다.

"오빠, 고마워요."

다가온 이별에 링링은 눈가에 눈물이 고인 걸 보여주기 싫어서인지 작게 떨리는 목소리로 고맙다는 말을 하였다.

"어처구니없는 부탁이었는데……."

생각해 보면 아무리 개방적인 사람이라도 자신처럼 이상한 부탁을 맨정신으로 하진 않을 것이다.

여자가 남자에게 사귀는 사이도 아니면서 밤을 함께 보내자고 하다니, 링링은 지금 생각해도 너무 부끄러운 부탁을 했다는 생각에 얼굴이 뜨거워졌다.

만약 지금 링링의 그런 모습을 수호가 본다면 꽤나 괴상하게 변한 그녀의 모습에 웃을 것이다.

하지만 고개를 숙이고 있던 탓에 모습을 들키진 않았다.

그렇게 한동안 말이 없던 어색한 시간이 지나자, 자연스럽게 눈물을 닦은 링링은 억지로 힘을 내서 작별 인사를 하였다.

"여기서 그만 우리 헤어져요."

"그래. 링링이 그렇게 이야기한다면 여기서 이만 헤어지자."

쪽!

수호는 그렇게 말하고 그녀의 이마에 가볍게 뽀뽀를 했다.

"지금처럼 좌절하지 말고. 이곳에서 네 꿈이 이뤄지길 기원할게."

그러곤 그녀에게 한국에서의 성공을 기원해 주었다.

그녀에게 해 줄 수 있는 최선은 그 말뿐이었다.

"고마워요."

링링은 그런 수호에게 그저 고맙다는 말을 하였다.

자신이 무엇을 하기 위해 한국에 온 것인지 링링은 정확하게 알지 못했다.

그저 단순하게 한국의 연예계 진출만은 아니란 걸 어렴풋이 생각할 뿐.

그러니 앞에 있는 수호가 성공을 기원한다는 말에 그녀가 할 수 있는 답은 그게 전부였다.

*　　　*　　　*

링링과 헤어진 수호는 혼자 라운지에 남았다.

"여보세요. 문 소장, 국정원에 아는 사람이 있다고 했죠?"

생각을 정리하던 수호는 잠시 망설이다 문성국에게 전화를 걸었다.

예전, 국정원 2차장까지 지낸 사람에게 그곳에 아는 사람이 있냐고 물어보는 것이 참 남세스럽기는 했다.

하지만 지금은 어떤 말을 해야 할지 생각나지 않아 그렇게 말했다.

역시나 전화를 받은 문성국의 황당하다는 반응이 전화기를 통해 느껴졌다.

"다름이 아니고, 밍치엔 코리아라는 회사를 좀 조사해 보라고 하십시오."

링링의 일이니 그냥 놔둘까.

자신이 직접 감시할까.

이런저런 생각을 하다 그건 너무 오지랖을 부리는 것 같다는 생각이 들었다.

국가가 나서야 할 일에 굳이 자신이 나서는 것은 아니란 판단으로, 일단 자신이 알아낸 정보를 바탕으로 국정원에 밍치엔 코리아에 대한 조사를 맡길 생각이었다.

"중국에 갔다가 알게 된 것인데, 그곳이 중국공산당

중앙위원회와 연결되어 있다고 합니다. 그러니……."

수호는 슬레인을 통해 알게 된 정보를, 링링에 관한 것은 일단 감추고 밍치엔 코리아란 회사가 중국공산당의 한국 전진 기지 같다는 뜻을 전달했다.

탁!

문성국에게 전달할 이야기를 모두 마친 수호는 전화를 끊었다.

그리고 잠시 시간을 두었다가 어디론가 또 전화를 걸었다.

수호가 전화를 건 이는 한빛 엔터의 박인성 실장이었다.

"박 실장님, 오랜만입니다."

몇 개월 만의 통화라 그런지 전화를 받은 박인성도 그를 반갑게 대했다.

"다름이 아니라, 아이들이 호텔에 묵고 있던데, 무슨 일이 있는 겁니까?"

혹시나 자신이 다른 일 때문에 신경 쓰지 못하는 사이, 그녀들에게 무슨 일이 일어난 것은 아닌지 알아보기 위한 질문이었다.

"아아, 3집 활동 때문에 여름휴가를 가지 못했고 활동도 끝나서 보상 차원에 호캉스를 보내 준 거라고요? 제가 제대로 들은 게 맞나요?"

통화를 마친 수호는 그제야 알게 되었다.

그녀들의 3집 컴백 전에 응원해 주겠다며 저녁을 사 주기로 했다가 납치되는 바람에 약속을 지키지 못했다.

그 문제를 해결하기 위해 약속을 미루었는데, 또 다른 사건이 터지고 말았다.

둘째 큰아버지가 주상욱의 의뢰를 받은 흑사파에 의해 납치된 것.

자신의 일을 해결하자, 이번에는 친척이 자신의 일로 납치가 되고 말았다.

이에 화가 난 수호는 그 배후에 있던 주상욱을 직접 처리하기 위해 그 뒤를 쫓아 중국까지 날아갔다.

하지만 결론적으로 말하면, 주상욱에 대한 처리는 실패로 끝나 버렸다.

그의 흔적이 마치 지워지기라도 한 듯 사라져 버렸기 때문이다.

그렇게 자신의 일을 해결하기 위해 돌아다니다 보니, 플라워즈의 3집 활동이 끝나 있었다.

그런 사실을 뒤늦게 알게 된 수호는 잠시 망설이다 이번에는 혜윤에게 전화를 걸었다.

늦었지만 약속을 지키기 위해서.

"혜윤아, 안녕. 삼촌이야."

혜윤의 나이 이제 스물한 살이다.

그럼에도 수호는 마치 어린 조카에게 전화를 건 것처럼 이야기했다.

그러지 않으면 자꾸만 자신에게 다가오는 그녀의 모습 때문에 그랬다.

물론 수호는 세상에 자신과 혜윤 이상으로 나이 차이가 나는 연인이나 배우자를 둔 사람이 많다는 걸 알고 있었다.

하지만 자신도 그렇게 되는 것에 아무런 거부감이 없지는 않았다.

아니, 오히려 나이 차이가 너무 나니 성인이란 걸 알면서도, 수호는 혜윤에게서 이성에 대한 생각보단 어린 동생 같은 느낌뿐이었다.

하지만 동생이라 하면 혜윤에게 더욱 다가올 여지를 주는 것 같아 조카와 삼촌 사이로 선을 그은 것이다.

그렇게 하는 것이 아이돌인 그녀를 위한 것이고, 또 혜윤이 속한 플라워즈를 위한 일이기도 했다.

실제로도 그렇게 관계를 정립한 뒤로는 플라워즈의 다른 멤버들의 관계나 이들을 지키는 박인성 실장이나 매니저들과도 관계가 좋아졌다.

그렇기에 수호는 이런 관계를 깨고 싶지 않았다.

사실 혜윤이나 플라워즈는 수호에게 있어 사막의 오아시스 같은 존재들이다.

누구나 한 가지씩 그러한 것을 갖고 있을 것이다.

누구는 자동차가 될 수도 있고, 또 누구는 사람이나 물건이 아닌 무형의 어떤 것일 수도 있다.

하지만 수호에게는 플라워즈가 바로 그런 존재다.

수호는 외계인에게 구해져 유전자 조작으로 초인이 되면서, 종종 자신의 신체 능력이나 지적 능력이 인간을 월등히 능가함을 깨달았다.

그러니 자신이 인간인지, 다른 존재인지 고민에 빠질 때가 있기 마련이다.

그것을 잊기 위해 수호는 목표를 정해 달리고 있는 것이다.

수호의 목표는 자신이 태어난 조국 대한민국이, 다른 어떤 나라에도 고개 숙이지 않는 당당한 나라가 되는 것이다.

그 때문에 슬레인을 통해 여러 가지를 연구하여 그중 몇 가지를 선보였다.

모두 일상생활에도 사용할 수 있지만, 가장 효과를 보는 것은 역시나 국방과 관련된 분야다.

이렇게 목표를 이루기 위해 하나하나 준비해 가는 상황 속에서 또 다른 고민을 하게 되었다.

인간이라면 목표를 위해 노력하는 것은 당연한 거지만, 그것이 기계적으로 진행된다면 이 또한 인간적이지 못한 게 아닌가, 하는 생각이었다.

그러다 아이돌 그룹인 플라워즈를 보았다.

우연히 깡패들에게 위협받고 있던 그녀들을 구출하게 되면서 인연을 맺었다.

자신의 목표를 위해 노력하면서도 언제나 밝게 웃으며 서로를 생각하는 그녀들 모습에 수호는 저도 모르게 플라워즈에 관심을 갖게 되었다.

"3집 활동 들어가기 전에 힘내라고 저녁을 사 주겠다 약속했으면서 지키지도 못했는데, 이제야 시간이 나네."

수호는 자신이 전화를 건 목적을 이야기하며 언제가 좋겠냐고 물었다.

"좋아. 그럼 오늘 저녁 멤버들은 물론이고, 박 실장과 매니저들도 함께 예전 그곳에서 보기로 하자."

이곳 고려 호텔에서는 조금 떨어져 있지만, 그래도 30분 내에 갈 수 있는 압구정동의 한우 전문점에서 만나기로 하였다.

*　　　*　　　*

중국에서의 일은 실패로 끝났지만, 그렇다고 소득이 없는 일정도 아니었다.

우연히 중국 북부전구에 큰 영향력을 행사하는 소가 군벌과 인연을 맺는 기회를 얻었고, 또 돌아오는 길에 앞으로의 계획에 큰 도움이 될 물건이 저절로 자신에게 들어오기도 했다.

그러니 전화위복이라는 사자성어는 정말 이럴 때 쓰는 말이다.

작정하고 간 일은 실패로 끝났는데, 어떻게 보면 그 일보다 더 대단한 것이 수중에 들어왔기 때문이다.

중국이 전 세계를 상대로 빼돌린 연구 자료들 중 일부가 자신의 손안에 들어왔다.

수호는 이것을 굳이 원래 주인에게 돌려주기보단, 자신이 연구하여 개선한 후 더욱 좋은 물건으로 만들어 선보일 생각이었다.

그것이 주변 강대국 때문에 기를 펴지 못하는 조국을 위하는 것이라 판단했다.

더욱이 도둑맞은 연구 자료를 돌려준다고 해서 그들이 그것을 곧이곧대로 받아들이지 않을 걸 잘 알기에 차라리 그들이 모르는 것이 낫다는 판단에서 그렇게 하는 것이다.

또 중국행의 행운은 그것만이 아니었다.

우연한 기회에 미녀와의 하룻밤은 수호에게도 뜻하지 않은 일탈로 주상욱을 놓친 것에 대한 아쉬움을 확실하게 털어 낼 수 있었다.

"아버지, 이 정도면 제가 없더라도 회사가 충분히 돌아갈 것 같으니 전 다른 일을 해 보겠습니다."

회사에 출근을 한 수호는 자신이 없는 동안, 어떤 일이 있었는지를 점검했다.

그런 후, 더 이상 자신이 없더라도 흔들릴 일이 없을 것임을 확인하며 말했다.

"지금 회사에서 생산하고 있는 것을 볼 때, 앞으로 방위사업청과 이어질 계약은 어쩌고?"

느닷없는 아들의 선언에 중현이 깜짝 놀라 물었다.

아닌 게 아니라, 수호는 회사에 없어선 안 될 존재였다.

탁 까놓고 이야기해 봐도 SH화학에서 생산하는 모든 물건은 수호가 다 관여했다.

뿐만 아니라 방위사업청과 계약을 주도한 것이나 미군과 납품 계약을 한 것도 전부 수호가 전담했다.

그 과정에서 중간에 납품 계약과 물건을 탈취하려던 세력이 있었지만, 그 또한 수호가 막아 냈다.

중현은 지금까지 살아오면서 납치는 한 번도 생각해 보지 않았다.

그런 것은 치안이 불안한 아프리카나 중남미 국가에서만 벌어지는 일이라고 생각했다.

그렇기에 세계적으로 치안 수준이 최고인 대한민국에서 그런 일은 다른 나라 일이었다.

하지만 자신의 형이 납치되고 총을 든 사람들이 회사로 찾아와 협박을 한 것은 정말이지 충격이었다.

그나마 특전사 출신인 아들이 있기에 해결되는 모습에 안심이 되었다.

그런데 느닷없이 새로운 일을 하겠다고 말하니, 하늘이 무너지는 것 같았다.

"지금도 일이 순조롭게 이루어지고 있는데, 굳이 그래야 되겠냐?"

중현은 다시 한번 생각해 보라는 취지로, 지금 새로운 일을 찾을 필요가 있냐는 질문을 하였다.

"아버지, 제 이야기 곡해하지 마시고 들어 주세요."

수호는 아버지에게 자신의 이야기를 조심스럽게 들려주었다.

처음에 방황을 하다가 군대에 입대를 하고 경험한 것들을 하나씩 이야기하였다.

사병으로 입대했을 때까지만 해도 수호는 여느 평범한 대한민국 청년들과 다르지 않았다.

하지만 군대에 적응하고 관심을 갖게 되면서 특전사에 자원입대를 하였다.

그리고 보게 되었다.

일반 사람들은 생각지도 못하는 것들을 특전사가 되고, 또 극비리에 해외 파병이 되어 테러조직과 전투하면서 세상이 어떻게 돌아가고 있으며 자신의 조국인 대한민국이 어느 정도의 위치에 있는지를 깨달았다.

뉴스에서는 대한민국이 G20에 들어가는 경제대국으로 성장했고 세계 군사력이 10위권 안에 들어가는 군사 강국이라고 떠들어 댔다.

그렇지만 조금 더 자세히 들여다보면, 언론의 보도가 맞지 않다는 것을 알게 될 것이다.

경제대국이고 군사 강국이라고 하지만, 전 세계에 퍼져 있는 테러 조직이나 범죄 카르텔의 표적이 되어 납치되는 사람들 중 상당수가 한국인들이다.

이들은 견문을 넓히기 위해 여행을 갔다가 납치되었다.

대한민국이 진정한 경제대국이고 군사 강국이었다면, 그들이 감히 한국인을 대상으로 그런 일을 벌이지는 못했을 것이다.

누군가는 초강대국 미국인도 테러 조직에 납치된다고 말하는 이 역시 분명 있을 수 있다.

하지만 미국인을 납치하는 빈도보단 한국인을 납치하는 경우가 더 많다.

그 이유는, 미국인을 납치하면 미국의 수많은 특수부

대들이 곧바로 첨단 장비를 이용해, 그들의 소굴을 찾아내고 일망타진한다는 걸 알기 때문이다.

실제로 많은 테러 조직이 미국인을 납치하고 협상을 벌이려 하였지만, 미국은 그런 협상을 받아들이지 않았다.

오히려 큰소리를 치며 납치범들을 협박했다.

그리고 풀어 주라는 말을 듣지 않았을 때는 정말로 그들의 소굴을 하나도 남기지 않고 초토화시켜 버렸다.

그에 반해, 한국 정부는 국민의 안전을 위한다는 이유로 납치범들이 요구하는 것들을 대부분 수용했다.

그렇지만 아이러니하게도 테러범들의 요구대로 엄청난 달러를 몸값으로 지불한 것이 대한민국의 발목을 잡고 말았다.

한국 정부가 자국민을 구출하기 위해 군대를 보내지 않고 돈을 준다는 생각을 심어 주면서, 테러 조직과 범죄 조직들은 도리어 한국인들이 납치 대상이 되도록 만들어 갔다.

오래전 대한민국이 군사 대국은 아니었지만, 그 막강함을 세상에 알린 적이 있었다.

지금으로부터 40여 년 전 인도차이나 반도에 전쟁이 벌어졌을 때, 한국은 미군을 도와 베트남 전쟁에 군대를 파병했다.

그 전쟁에서 우리 군은 적군인 베트공은 물론, 같은 편인 미군에게까지 경외와 두려움을 안겨 주었다.

비록 당시의 대한민국은 지금과 같은 경제대국도 아니었고 최첨단 군사 무기들을 해외에 수출하는 나라도 아니었다.

하지만 감히 한국인을 상대로 범죄를 저지르려는 생각을 못 하게 만들 정도로 무시무시한 존재들로 각인되었다.

하지만 현재는 그렇지 않다.

테러 조직이나 범죄 조직에게 한국인은 은행이었다.

돈이 필요할 때 잡아 와 한국 정부와 협상을 하면 막대한 돈이 들어왔기 때문이다.

수호는 그런 것을 현장에서 두 눈으로 목격했고 그런 정부 때문에 다른 테러 조직과 전투를 벌이는 나라들의 군대로부터 눈총을 받기도 했다.

그것은 육체적으로 버틸 수 있는 고통이 아닌 정신적으로 힘들게 하는, 자괴감이 드는 무시무시한 흉기가 되어 심장을 찔렀다.

그 때문에 수호는 그런 감정을 다시는 느끼지 않기 위해 다른 것을 하려는 것이다.

"지켜봐 주세요. 전 제가 설정한 목표를 이루기 위해 최선을 다할 것입니다."

마치 자신에게 하는 다짐처럼 내뱉었다.

그런 아들의 모습에 중현도 더 이상 수호를 말릴 수가 없었다.

"알았다."

8. 설계 완료

전투기를 만드는 것은 결코 쉬운 일이 아니다.

더군다나 그 기반이 미비한 상태에서는 말이다.

하지만 수호는 결코 그 일을 미루거나 조급해하지 않았다.

우선 기존의 경비행기를 설계, 제작하는 이카로스 항공의 사명을 SH항공으로 변경하고 소재지도 김포에서 청주시로 이전하였다.

회사를 이전하면서 부지도 3만 평으로 늘어났다.

전투기 조립은 경비행기 조립처럼 작은 공장에서 할 수 있는 게 아니기 때문이다.

또한 사명의 변경과 부지 이전뿐만 아니라 직원과 기술자도 모집하였다.

이 때문에 잠시 저녁 뉴스에 소개되기도 했지만, 금방 유야무야 사라졌다.

그도 그럴 것이, SH항공이란 회사명은 한 번도 들어보지 못한 것이다.

다만, SH화학을 알고 있는 사람들은 SH항공이란 이름을 가볍게 여기지 않았다.

그 이유는 바로 SH화학이 사람들이 생각지도 못한 획기적인 물건을 생산하고 있기 때문이었다.

특히나 미국의 경우는 SH항공을 그 어느 곳보다 더욱 주시하였다.

이는 SH항공의 사주가 SH화학의 고문인 수호라는 사실을 알고 있기 때문이다.

그리고 SH화학의 고문인 정수호는 자신들에게서 구형이기는 하지만, F404 엔진 기술을 가져갔다.

정당한 거래에 의해 가져간 것이지만, 미국으로서는 경계하지 않을 수 없었다.

한 명의 천재가 일만 명의 일반인을 먹여 살린다고 믿어 의심치 않는 사람들이 바로 미국의 상류층들이기 때문이다.

이들은 그런 마인드를 가지고 있기에 세계 각국의 인

재들을 미국으로 끌어들이고 있었다.

각종 혜택과 높은 연봉으로 말이다.

그렇게 미국의 꾐에 넘어간 인재들은 미국을 위해 각종 신제품들을 개발하여 지금의 미국을 있도록 만들었다.

그러니 많은 천재들을 보유한 자신들도 개발하지 못한, 뿌리는 분사 형 방탄 소재는 미국인들에게 크나큰 충격으로 다가왔다.

어떤 원리로 그것이 가능한 것인지 아무리 실험해 봐도 화학식을 재현하는 데에 실패했다.

그래서 내린 결론은, 방탄 스프레이를 개발한 수호가 자신들이 알고 있는 평범한 인물이 아닌, 세기에 하나 나올까 말까 한 천재라는 것이다.

그런데 그런 천재가 개인적으로 F404 엔진에 대한 소유권을 주장하였다.

그 말은 F404 엔진을 연구하여 보다 더 획기적인 전투기 엔진을 개발하겠다는 말과 다르지 않다고 판단하였다.

이것이 기본 상식이었기 때문이다.

F404는 상당히 안정적인 전투기 엔진이지만 개발된지 꽤 되었고, 또 현대 전투기들의 중량이 상당히 커졌기에 F404 엔진의 힘만으로는 겨우 소형 전투기나 훈

련기 엔진 정도로 사용할 뿐이다.

하지만 F404 엔진이 발전하여 F414 엔진이 되었고 F414는 그 뒤로도 더욱 개량되어 F414—EDE 모델이나 F414—EPE까지 발전하였다.

F414—EPE 엔진의 경우에는 F414 엔진의 성능을 18~30%까지 업그레이드한 것이다. 이 모든 엔진이 F404 엔진에서 발전되었다는 소리였다.

그러니 미국으로서는 F404 엔진의 해외 판매권까지 모두 한국으로 넘긴 상태에서, 만에 하나 수호가 최신 버전인 F414—EPE에 비견되는 전투기 엔진을 개발하게 된다면, 앞으로 세계 전투기 판매에서 무서운 경쟁자로 등장할 수도 있었다.

물론 군수 산업이란 게 성능만으로 판매되는 건 아니지만, 어찌 되었든 자국산 전투기에 비견되는 경쟁 기종이 있다는 것만으로도 미국은 신경 써야 할 일이다.

하지만 수호에게는 만능 집사가 있었다.

다른 사람들은 모르는 이 만능 집사는 지금도 수호를 근접 수행하며 또 다른 곳에서 돈을 벌고 있고 새로운 것을 연구 중이다.

*　　　*　　　*

넓은 사무실에 사람들이 여러 대의 모니터를 들여다보며 열심히 일하고 있다.

"잘되고 있습니까?"

수호는 모니터를 보며 고심하고 있는 한 사람에게 말을 걸었다.

하지만 모니터를 보고 있던 사람은 수호의 질문에 대답하지 않고 계속 모니터만 주시하고 있었다.

"분명 설계에는 이상이 없는데, 왜 구현이 되지 않는 거지."

사내는 문제가 풀리지 않는지 혼자 중얼거리며 생각에 잠겼다.

"어?"

그러다 잠시 머리를 식힐 겸 자리에서 일어나던 중 자신의 뒤에 누군가가 있는 것을 발견하고 깜짝 놀랐다.

"아, 사장님. 안녕하십니까?"

성준은 뒤늦게 자신의 뒤에 있던 사람이 수호란 것을 깨닫고 얼른 인사를 했다.

"네, 반갑습니다. 그런데 뭐가 잘 안 되나 보죠? 무슨 일인가요?"

수호는 조금 전 성준이 자신의 질문도 듣지 못한 채 중얼거리던 것을 보고 물었다.

그 질문에 성준은 잠시 대답을 해야 할지 말지 망설였다.

하지만 질문을 받은 상태에서 대답하지 않을 수도 없었다.

"분명 계산상으론 날개의 크기와 형상이 이런 형태를 이루었을 때, 양력과 비행 능력이 최고라고 나왔습니다."

성준은 자신이 계산한 수식을 수호에게 들려주며 전투기의 날개 형태와 엔진의 출력은 최고의 효율이 나온다고 이야기하였다.

그렇지만 수식을 그대로 3차원 그래픽 엔진에 넣고 실험해 보니 작동이 되지 않았다.

아무리 궁리해 봐도 어디서 잘못된 것인지 그래픽이 깨져 버리기 일쑤였다.

"흠……."

성준의 설명을 들은 수호는 그가 작성한 수식을 잠시 확인해 보았다.

'잘못된 곳은 없군.'

그가 작성한 수식이 틀리지 않자, 이번에는 시뮬레이션에 수식을 적용한 데이터 값을 들여다보았다.

'아, 여기가 잘못되어 있군.'

수호는 시뮬레이션에 입력된 수식을 보다 무엇 때문

에 정상적으로 구현되지 않는 것인지 알아냈다.

"잠시 여길 봐요."

수호는 자신의 곁에 서서 긴장하고 있는 최성준에게 조심스레 말했다.

자신이 아무리 사장이라 하지만, 연구원인 성준을 함부로 대하지는 않았다.

"여기 수식에는 '.'이 있는데, 여기 시뮬레이션 값에는 이게 빠졌네요. 그렇죠?"

"아!"

성준은 수호가 짚어 준 부분을 시뮬레이션에 적용하기 전에 그가 미리 적어 놓은 수식과 비교해 보며 탄성을 질렀다.

수학이나 물리학에서는 숫자 하나, 소수점 하나에도 그 값이 뒤바뀐다.

그러한 사실을 잘 알고 있으면서도 성준은 점 하나를 놓친 것 때문에 지금까지 며칠을 허비한 걸 생각하면 정말 어처구니가 없었다.

그냥 안 될 때 다시 한번 새로 데이터 값을 적어 넣었더라면 충분히 해결 가능한 일이었다.

하지만 자신의 풀이가 정확하다는 아집에 빠져 기본적인 것을 놓치고 있다 보니, 아까운 시간을 허비하고 말았다.

"이렇게 간단한 것을······."

성준은 자신의 실수를 자책했다.

그런 성준의 모습에 수호는 잠시 그가 반성하는 걸 지켜보다 물었다.

"최성준 실장님, 프로젝트 진행은 잘 되고 있는 겁니까?"

마음 같아서야 모든 것을 자신이 하고 싶었지만, 전투기 설계라는 것이 혼자서 할 수 있는 일도 아니고, 또 할 수 있다고 해도 그건 시간이 너무 오래 걸리고 비효율적인 일이다.

그러니 각 분야의 전문가들에게 분배하여 보다 효율적으로 시간을 활용하는 게 프로젝트를 진행하는 데 훨씬 나았다.

"예. 방금 전 사장님의 도움으로 날개의 형상이 완성되었으니, 모든 부분을 결합하고 다시 한번 최상의 형상을 만들어 낼 수 있을 것 같습니다."

최성준이 자신감 있는 모습으로 대답했다.

"그러면 일단 전투기의 외형은 얼추 완성되었다고 봐도 되는 것입니까?"

"대략적인 형태는 완성되었다고 할 수 있겠네요."

솔직히 말하자면, 전투기의 형상은 어느 나라나 대동소이했다.

다만, 전투기의 사용 목적에 의해 그 형태가 조금씩 변형되었다.

"현재 세계의 유행은 스텔스입니다. 그것을 유념하고 디자인을 설계해 주시기 바랍니다."

미국을 비롯한 러시아, 유럽, 그리고 중국 등 세계 전투기 메이커들은 레이더에 걸리지 않는 스텔스 전투기 개발에 열을 올리고 있다.

이 중 미국은 F—22, F—35를 개발하였고 그 뒤를 이어서 중국은 J—20과 J—31을, 그리고 러시아에서는 Su—57을 개발하였다.

하지만 이 중 미국의 F—22만이 개발 완료가 되었고 F—35는 개발되었어도 아직 여러 가지 오류로 인해 완료가 지연되고 있었다.

이는 중국이나 러시아도 마찬가지다.

중국은 J—20이 개발 완료되었다고 자랑하지만, 엔진의 출력 부족으로 제대로 무장을 하고 이륙할 수가 없었다.

뿐만 아니라 함재기용으로 개발한 J—31 또한 엔진 문제로 항공모함에서 운용이 불투명한 상태다.

이는 러시아도 마찬가지로, 정확한 정보는 없지만 미국의 F—22의 대항마로 개발한 Su—57은 어떤 문제가 있는지 밝혀진 게 없고 개발이 완료되었음에도 양산 체제로 들어가지 않고 있었다.

이는 러시아가 미국이 추구하던 형상 스텔스 기술이 아닌, 보다 고차원의 플라즈마 스텔스 방식으로 추구했기 때문이란 분석이 나왔다.

플라즈마 스텔스 방식이란, 물체가 플라즈마에 쌓이게 되면 레이더에 잡히지 않는 현상을 인위적으로 물체에 입혀 레이더에 잡히지 않게 만드는 방식이다.

이는 미국이 추구한 형상 스텔스 방식이 가지는 약점, 즉, 비행을 할 때마다 새롭게 전투기 표면에 스텔스 형상을 향상시켜 주는 스텔스 도료를 매번 바르지 않아도 된다는 장점이 있다.

다만, 러시아는 이론적으로 가능한 기술을 아직 개발하지 못했다.

때문에 F—22에 비해 스텔스 형상학적으로 뒤떨어지다 보니 말로는 스텔스 전투기를 개발 완료했다고 떠들지만, 전문가들은 실패한 것이라고 판단했다.

이는 전적으로 러시아가 보이는 행보 때문이었다.

이렇듯 스텔스 전투기 개발은 각국의 자존심이 걸려 있는 문제였다.

또한 전략적으로도 아주 유리한 고지를 점령하는 것이기에 쉽게 포기할 수도 없었다.

대한민국은 더욱이 주변에 적대하는 국가들에 둘러싸

여 있다.

지정학적으로 불리한 곳에 위치해 있다 보니, 전력 증강에 방심할 수가 없다.

특히나 중국은 G2가 되기 위해 중국몽을 꾸고 있고 그러한 중국에 대항하기 위해 한미일이 공조해야 하는 입장에서 일본은 사사건건 한국의 발목을 잡고 있었다.

더욱 일본은 독도를 두고 한국이 불법 점거하고 있다고 떠들며 매년 독도 인근에서 도발하고 있었다.

그러면서도 자신들이 실효 지배하고 있는 센카쿠, 중국어로 다오위다오 열도의 문제는 반대로 중국이 자신들의 영토를 도발한다며 강경 대응을 하겠다고 떠들어 댔다.

일본은 참으로 이중적인 모습을 보이고 있었다.

그런데 웃긴 것은 미국의 태도다.

자국의 이득을 위해 미국은 동맹국의 영토 분쟁에 끼어들지 않겠다고 말하면서도, 필요할 때마다 한국과 일본 중 한 곳에 힘을 실어 주는 발언을 하고 있다.

이것만 봐도 자국에 힘이 없으면 어떤 일이 벌어지는지 알 수 있다.

그렇기에 수호는 다른 누구보다 자주 국방에 대한 열의가 강했다.

해외에 나가야 애국자가 된다는 말이 있다.

수호도 해외에 파병되면서 여러 나라 특수부대원들과 합동 작전을 하고 경험하면서 자신의 나라에 힘이 있을 때, 어떤 대우를 받는지 확실하게 깨달았다.

또 그러기 위해선 국민 모두가 하나로 뭉쳐야 한다는 것도 알게 되었다.

아무리 강력한 군사력을 가진 나라라도 분열이 되면, 국제 사회에서 큰 힘을 발휘하지 못한다.

그리고 그런 나라는 국제 사회에서 무시를 받게 된다.

그러니 우선적으로 강력한 힘을 가져야 하고 두 번째로 강력한 군사력을 뒷받침해 줄 수 있는 경제력을 보유해야 하며, 세 번째로 국민이 일치단결해야 한다는 것이다.

대한민국 사람들은 나라가 어려울 때, 그 어떤 나라보다 끈끈하게 잘 뭉친다.

오래전 임진왜란과 병자호란 등 외세의 침략에 의병이 일어난 것이나 근대에 나라의 빚이 많아 위기에 처했을 때, 국민들이 십시일반으로 나서서 국채보상운동을 벌인 일, 또 가까운 1997년 겨울 외환 위기 땐 누가 시키지도 않았지만 국민들은 집에 있던 아기 돌 반지며 목걸이 등을 가지고 나와 기부하였다.

이 모든 것이 나라를 살리기 위한 국민들의 염원으로

이루어진 일이다.

그러니 한국은 강대국으로 가는 세 번째 문제는 뒤로 하고 첫 번째와 두 번째만 이루면 바로 강대국으로 들어갈 수 있을 것이다.

수호는 그것을 이루기 위해 자신의 능력을 총동원하기로 작정했다.

그 기반은 슬레인이 만들고 있었는데, 중국에서 얻은 USB로 인해 그 시기가 조금 더 당겨질 예정이다.

"그럼 더 수고해 주기 바랍니다. 전 다른 곳에 좀 들러 보죠."

최성준과 이야기를 마친 수호는 그렇게 그를 뒤로하고 다른 곳으로 이동했다.

바로 러시아도 실패를 한 플라즈마 연구소다.

SH항공이 자리한 부지 한쪽에 독립된 건물에 들어서 있다.

이곳에서는 단순한 플라즈마 스텔스 기술을 연구하는 것이 아닌, 플라즈마와 연관된 여러 가지 것들을 연구한다.

즉, 연구소의 연구 과제 중 하나가 플라즈마 스텔스 기술을 습득하는 것이지, 전부가 아니란 소리다.

사실 여기야말로 수호가 독립하면서 가장 진척이 빠른 곳이다.

그도 그럴 것이, 이곳 연구소가 겉으로는 여느 연구소와 비슷해 보이지만, 이곳 SH플라즈마 연구소에는 특별한 것이 있었다.

그것은 바로 중앙 통제 컴퓨터다.

수호는 이곳 연구소에 그동안 자신의 집 지하에 있던 슈퍼컴퓨터를 갖다 두었다.

집 크기 때문에 더 확장하지 못하고 있던 것이 넓은 대지 위에 연구소가 들어서면서 무리 없이 서버를 증축할 수 있게 되었다.

그러자 컴퓨터의 성능 또한 업그레이드시킬 수 있었다.

물론 이 슈퍼컴퓨터를 관리하는 것은 슬레인이다.

더욱 강력해진 성능으로 업그레이드가 되면서 슬레인의 연구도 더욱 진척을 보이기 시작했다.

이런 연구 성과들은 차곡차곡 수호가 소유한 회사에 분배되어 실현화되고 있다.

*   *   *

이카로스 항공이 SH항공으로 사명을 바꾸고 회사를 김포에서 충북 청주로 이전하며 사세를 확장한 지도 벌써 6개월이 지났다.

회사를 이전하고 직원 수를 늘리면서 작은 혼란이 있기는 했지만, SH항공은 갑자기 커진 회사 규모에 비해 빠르게 안정을 찾았다.

아니, 안전을 찾은 정도가 아니라 기존의 소형 경비행기를 설계, 제작하던 것에서 벗어나 오너인 수호가 원하는 전투기 설계에 적응하였다.

이는 전적으로 수호가 중국에서 우연히 얻은 USB에 들어 있던 자료와, 인공지능 생명체인 슬레인이 그 자료를 바탕으로 기존 인터넷에 공개된 것을 활용하여 연구한 성과다.

수호와 슬레인은 자체 제작된 3차원 디스플레이와 검증 프로그램을 적극 활용하였다.

물론 컴퓨터 프로그램으로 검증에서 완벽하게 실행되었다고 해서 실제 전투기를 제작했을 때도 완벽하게 구동을 하는 것은 아니다.

그렇지만 일단 컴퓨터 프로그램 내에서는 어떤 오류도 없었기에 실전에서도 성공 확률이 무척이나 높을 터이다.

실제로 선진 군수산업체가 이런 3차원 디스플레이와 검증 프로그램으로 1차적인 설계를 도입해 만들고자 하는 물건의 초기 개발비를 절감하고, 또 오류를 잡아 생산 개발 시기 또한 줄이고 있는 추세다.

수호는 이런 세계적인 추세를 누구보다 꿰뚫어 보고 SH항공에서 전투기 설계를 할 때 우선적으로 채택하였다.

그러다 보니 이제 겨우 SH항공이 자리를 잡은 지도 반년이 지난 오늘, 수호가 요구하던 전투기의 기본 설계가 완성되었다.

하지만 전투기 제작은 이제부터 시작이었다.

설계도가 완성되었다고 해서 끝나는 것이 아닌, 제작이 가능한지도 알아보기 위해 목업 작업이 필요했다.

mock—up이란 것은 쉽게 말해 실물 모형을 제작하는 것으로, 디자인적 검토를 통해 실물과 비슷하게 시제품을 제작하는 것이다.

수호는 이를 단순하게 모양만 만들지 않고 3D 프린팅 기술을 이용해 부품까지 제작하여 조립하였다.

이는 단순 mock—up 작업보다 훨씬 비용이 많이 들어가지만, 수호는 이를 무시하고 제작하여 설계가 제대로 되어 있는지 확인했다.

*　　　　*　　　　*

"전투기를 제작하겠다고 칩거하던 자네가 여기까진 어쩐 일인가?"

심보성은 어느 날 갑자기 전투기를 만들겠다며 항공 회사를 설립하고 항공 설계를 하는 전문가와 엔지니어들을 모집하던 수호를 떠올리며 물었다.

"어쩐 일은요. 사람이 필요해 왔죠."

찾아온 용건을 물어오는 아레스 심보성 사장의 물음에 수호는 담담히 대답하였다.

사실 심보성 사장은 수호가 뜬금없이 전투기 제작을 하겠다며 SH항공을 만들었을 때, 회의적인 생각을 했다.

수호가 지금까지 보여 준 능력이 엄청 뛰어나긴 했지만, 전투기 설계란 것은 한 사람이 뛰어나다고 할 수 있는 일이 아니기 때문이다.

만약 그런 것이 가능했다면 대한민국은 미국에 버금가는 전투기를 제작하는 나라가 되어 있을 것이다.

그만큼 대한민국에는 천재들이 많았다.

그렇지만 현실은 그런 천재들을 많이 보유했으면서도, 미국의 원조를 받아 겨우 훈련기를 개발하고 그것을 바탕으로 공격기와 경전투기를 만들 뿐이다.

사실 그것도 다른 나라 사람들은 엄청난 일이라며 놀라워했다.

그런데 수호는 그런 것도 없는 상태에서 뜬금없이 전투기를 제작하겠다고 선언했다.

"그냥 자네가 잘하는 것만 해도 충분했을 텐데……."

심보성은 정말 그렇게 생각했다.

그가 본 수호는 군인들을 훈련시키는 데에 무척 뛰어난 교관이다.

본인의 개인적 전투 수행 능력도 뛰어나지만, 그 이상으로 누군가를 가르치는 것에 더 훌륭한 기량을 보였다.

물론 그 외에도 화학 회사를 설립해 특별한 화합 물질을 만들어 내는 천재적 능력도 가지고 있었다.

하지만 심보성이 생각하기에 그런 것보단 훈련 교관으로서의 능력이 더 뛰어나다 판단했다.

그랬기에 SH항공이란 회사를 차려 전투기를 제작하겠다고 이야기했을 때 우려를 드러냈다.

"그만. 무슨 말을 하는 건지 잘 알지만, 저 또한 계획이 있고 이루고자 하는 목표가 있기에 도전을 하는 것입니다."

수호는 심보성 사장이 무슨 이야기를 하려는지 잘 알기에 그의 말이 길어질 것을 중간에 커트하였다.

"이미 설계는 마쳤습니다."

수호는 SH항공이 6개월 동안 이룩한 성과를 살짝 흘렸다.

그런 수호의 말을 들은 심보성은 깜짝 놀랐다.

솔직히 그는 수호가 설립한 SH항공에서 전투기를 생산할 능력이 된다고 해도 걱정스러웠다.

대한민국에서 필요한 전투기의 소요는 공군에서 요구하면 방위사업청에서 그것을 판단하여 전투기 구입 의향서를 단계에 맞게 발주한다.

노후화 된 F—5와 F—4 팬텀 전투기를 대체하기 위해 한창 KFX가 개발되고 있는 중이다.

그것도 이제 시제기가 곧 출고된다고 전 세계에 알린 상태다.

그런데 뒤늦게 새로운 항공기 제작 회사가 느닷없이 KFX와는 별개로 전투기를 개발한다고 발표했다.

그러니 한국 정부는 물론이고, 세계 언론들까지 부정적인 시선으로 볼 뿐이다.

그도 그럴 것이, KFX의 경우 대한민국 정부가 밀어주고 있고, 또 공군이 소요 제기를 하여 예산을 투입한 사업이다.

그에 반해, SH항공의 경우는 정부의 지원도 없이 독자적으로 자금을 모집하고 개발하겠다고 선언했기 때문이다.

만약 그러한 선언을 한 곳이 세계적인 방위사업체인 로키드 마틴이나 보잉과 같은 거대 기업이었다면 다른 반응이 나왔겠지만, SH항공이란 이름은 정말이지 너무 뜬금없는 듣보잡이었다.

듣도 보도 못한 잡놈이란, 낮잡아 보는 단어가 꽤나 잘 어울리는 회사다.

그 때문에 수호가 처음 자체적으로 전투기를 제작하겠다고 선언했을 때, 국내 언론은 물론이고, 세계적인 언론과 중국의 언론도 이를 폄하하고 무시했다.

그런데 수호가 느닷없이 나타나 설계를 완료했다는 이야기를 하지 않는가.

"뭐? 그게 사실이야? 농담 아니고?"

아무리 설계라지만 회사를 설립한 지 1년도 되지 않아 전투기 설계도가 나왔다는 소리에 심보성은 기함했다.

"시뮬레이션은 물론이고, mock—up 작업까지 마쳤습니다."

"뭐라고!"

심보성은 다시 한번 놀라지 않을 수 없었다.

단순하게 설계만 끝낸 것이 아니라 mock—up까지 마쳤다는 말에 이젠 놀람에 그치지 않고 경악하였다.

mock—up 작업이 끝났다는 말은 이제 시제기 제작을 남겨 두었다는 의미이기 때문이다.

비록 심보성이 육군에 있다가 예편했다고는 하지만, 영관급 인사로서 전투기에 대해 전혀 모르는 것은 결코 아니었다.

특히나 KFX로 인해 전투기에 관해 많은 것을 들어 알고 있었다.

사실 KFX의 개발에 그가 속한 장군회가 많은 힘을 쓰고 있다.

그렇기에 전투기를 독자 개발하는 것이 얼마나 어렵고, 또 많은 예산이 투입되는지도 잘 알고 있었다.

그러니 아는 만큼 보인다고 지금 수호가 하는 이야기를 듣고 놀라는 것이다.

"우선 단발기로 설계하였는데, 차후에는 쌍발기도 개발할 예정입니다."

수호는 자신을 보며 경악을 금치 못하는 심보성에게 자신의 계획을 담담히 말했다.

"그런데 내게 이런 말을 하는 것은 뭔가 필요한 것이 있어서 그런 거겠지?"

이야기를 듣고 있던 심보성은 수호의 이야기에 한참 놀라고 있다가 정신을 차리며 물었다.

무슨 이유로 자신을 찾아온 것인지 궁금하던 것이다.

"예. 이제 본격적으로 시제품을 만들 예정인데, 현재 회사 경비를 서고 있는 인원이 부족하고, 또 능력이 모자라⋯⋯."

항공 회사를 설립하고 연구를 할 당시만 해도 모집한

경비 인력만으로 충분했다.

하지만 기본 설계가 완료되고 시제품 제작에 들어가는 시점에서 지금 있는 경비 인력으로는 혹시나 있을 침입자를 감당할 수 없다고 판단하였다.

비록 회사 내부에 여러 가지 보안 시설을 설치해 놓고는 있지만, 수호가 생각하기에 그건 최후의 수단이었다.

가장 좋은 것은 외곽에서부터 차단을 하는 것이다.

그러기 위해선 경비 인력을 확충하고, 또 이들을 진두지휘할 보안 전문가들이 필요했다.

수호가 생각하기에 이런 인력을 수급하기 가장 좋은 곳이 바로 아레스다.

PMC였기에 성격이 조금 다를 수는 있지만, 궁극에 이르면 모든 것이 통한다.

군에서 침투와 파괴를 전문으로 훈련받던 특수부대 출신들을 모집해 군을 대신해 서비스를 하는 곳이다.

이런 아레스였고, 또한 자신과 인연이 깊기에 찾아왔다.

"그 말은 또 우리 회사의 인력을 빼가겠다는 말이야?"

심보성은 수호가 하는 이야기를 듣고 어처구니없다는 표정으로 물었다.

"어차피 아레스도 나쁘지 않은 제안 아닙니까?"

수호는 뭘 그런 걸 따지냐는 듯 물었다.

"해외에 나가서 일하나 국내에서 일하나 어차피 같은 일 아닙니까. 아니, 직접적인 전투를 벌일 일이 거의 없으니 저와 계약하는 것이 훨씬 이득일 것 같은데……."

수호는 말하면서 심보성의 표정을 살폈다.

그러자 수호의 이야기를 들은 심보성도 그 말이 맞는지 곧 입꼬리가 올라갔다.

사실 아레스가 주로 하는 일은 대한민국 정부에 들어오는 군대 파병에 대한 제안을 대신해 인력을 보내는 일이다.

대한민국은 세계적으로 군사력 강국 중 하나이지만, 그렇다고 미국처럼 전 세계에 정규군을 파병할 수가 없다.

이는 힘이 없어서라기보다는 외교 정책이 그러했기 때문이다.

더욱이 한국의 군대는 미국처럼 모병제가 아닌 징집제다.

물론 직업 군인인 사람도 있기는 하지만, 그들은 모두 간부들이다.

그렇기에 분쟁 지역에 군대를 파병하는 것은 쉬운 일이 아닌 것이다.

만약 정부에서 그런 일을 발표했다가는 바로 야당과 국민들의 반대에 부딪힐 것이다.

하지만 국제 관계란 것이 내가 싫다고 해서 마냥 거부할 수만은 없는 일이다.

그렇기 때문에 대한민국은 국민들 몰래 특수부대를 파병하고 있었다.

그렇지만 이 일도 수호가 작전 중에 입은 부상 때문에 전역을 하게 되고 그 과정에서 부당한 대우를 받는 것에 반발하며 부대원들이 집단 전역 신청을 하면서 외부에 알려지게 되었다.

그에 국민들은 그동안 대한민국이 군대를 해외 분쟁 지역에 파병하고 있음을 알게 된다.

이는 UN 산하 평화 유지군을 파병하는 것과는 다른 문제였기에 큰 소요가 일기도 했다.

아무튼 이런 이유로 더 이상 군대를 파병하는 것에 반대 여론이 일자, 군부 일각에선 미국처럼 PMC를 파병하자는 안건이 나왔다.

그리고 이는 사업성 검토를 통해 군대를 파병하는 것보다 비용 측면에서도 긍정적이란 보고를 받게 되면서, 급하게 예편한 심보성 대령을 중심으로 PMC가 꾸려지게 되었다.

슬레인을 통해 사정을 듣게 된 수호는, 이러한 정보

를 적극 활용하면서 자신이 필요한 인력을 아레스에서 빼가는 중이다.

"물론 그것도 계약금에 따라 다르겠지. 어찌 되었든 이것도 사업인데."

나쁘지 않다는 생각에 심보성은 그렇게 대답하였다.

심보성의 입에서 긍정적인 대답이 나오자 계약은 일사천리로 진행되었다.

아레스에서는 특수부대에 근무하다 전역을 한 이들을 대상으로 수시로 모집을 하고 있다.

그리고 경력 단절의 기간에 상관없이 계약하였다.

이렇게 아레스에서 전역을 한 지 오래된 사람도 받아들이는 것은, 어떻게 보면 무모해 보이기도 했다.

하지만 수호가 훈련 교관으로 체계를 만들어 놓은 것 때문에 예전에 군에 복무하던 시기의 임무 수행 능력을 갖추는 데 오래 걸리지 않았기에 결코 손해는 아니었다.

더욱이 세계적으로 볼 때, PMC를 필요로 하는 곳을 찾아보면 참으로 많았다.

일반에 잘 알려지지 않았기에 한국 국적의 PMC는 적지 않은 숫자가 파견되어 있다.

그러니 아레스는 수시로 사원을 모집했고 체계적인 훈련으로 임무 성공률도 높아 인기가 많았다.

그렇지만 아무리 성공 확률이 높다고 해도 PMC에 속한 사원들은 기계가 아니다.

그들은 한 번 전투를 하고 나면 상당한 스트레스에 시달리게 된다.

간혹 그것이 심해 외상 후 스트레스 장애(PTSD)에 걸리는 이도 있다.

그러니 사원들이 이런 PTSD에 걸리지 않게 적절히 케어해 줘야 하는 것이다.

그러기 위해선 비슷한 스트레스를 받지 않는, 조금은 안전한 임무에도 투입을 해 심신의 안정을 찾아 주는 것도 중요했다.

심보성은 이런 전문가들의 조언에 순환해 임무를 주기 위해 노력하고 있었다.

그렇다고 해도 그가 그런 계획을 가지고 아무리 노력한다고 해서 언제나 그런 의뢰가 들어오는 것은 아니었다.

그런데 조금 전, 수호가 그런 의뢰를 해 왔다.

국내에서 기업의 외곽 경비를 하는 건 해외에 파견되어 테러 조직을 상대로, 또는 적대적 PMC나 반군 단체들을 상대로 하는 것보단 엄청 쉬운 일이다.

수호 역시 결코 소수의 인원만 데려가지 않았다.

최소 수십 명의 인원을 데려갔다.

심보성은 SH화학에 이어 SH항공까지 아레스의 사원들을 파견하게 됨으로써 겨우 사원들을 순환 보직으로 돌릴 수 있는 기반을 마련하게 되었다.

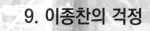

9. 이종찬의 걱정

SH항공에서 전투기 시제기가 제작된다는 소식이 알려지며 많은 사람들의 관심이 쏟아졌다.

누군가에게는 질시의 시선으로, 또 누군가에게는 호기심, 또 누군가는 황당한 시선이었지만, 그래도 아예 관심이 없는 것보단 나았다.

특히나 대한민국 공군에서는 두 부류로 갈라져 갑론을박하며 싸우기도 했다.

이들이 싸우는 이유는 이랬다.

공군의 노후 전투기 교체 사업의 필요성이 대두되면서 사업 소요가 발생하여 한국의 독자 모델로서 KFX가

진행되고 이제 시제기 제작이 들어간 상태에서 굳이 또 다른 전투기를 개발할 필요가 있냐는 점이었다.

하지만 또 다른 시각에선, 하나의 독점적 직위를 가지는 것보단 미국처럼 두 개의 회사에서 각각의 모델을 개발해 경쟁하는 것이 더 우수한 전투기를 만들 수 있다는 점.

또 공군은 그중 가장 잘 만든 전투기를 선정만 하면 더욱 우수한 전투기를 가질 수 있기에 더 좋지 않느냐는 이야기였다.

이렇게 한쪽에서는 이중으로 예산을 낭비할 필요가 있냐는 것이고, 또 다른 쪽에서는 경쟁을 통해 보다 우수한 전투기를 가지는 것이 자주 국방에 더 좋다는 의견으로 나뉘이 싸웠다.

그렇지만 대세는 후자인 경쟁을 통해 보다 우수한 전투기를 선정하는 것이 낫다는 쪽으로 기울었다.

뒤늦게 전투기 개발에 뛰어든 SH항공의 경우, 정부나 국방부 어느 곳에서도 자금 지원을 받지 않았다는 사실이 뒤늦게 알려졌기 때문이다.

처음 그런 소식이 전해졌을 때 사람들은 이 사실을 믿지 않았다.

그 이유는 전투기 개발에 들어가는 비용은 최소로도 몇 조 원이 들어간다.

KAI에서 개발하고 있는 KFX의 비용은 8조 8,000억 원에 이른다.

그 때문에 KFX는 대한민국 정부(60%)와 KAI(20%), 그리고 인도네시아 정부(20%)로 분담하여 개발을 하고 있다.

그런데 SH항공은 그런 지원 없이 독자적으로 예산을 편성해 개발한다고 하니, 모두가 거짓말이라고 생각했다.

그러나 진실은 언젠가 밝혀진다고 SH항공의 전투기 독자 개발은 사실로 밝혀졌다.

더욱이 어떻게 한 것인지 알 순 없지만, KAI가 수년간 사업 타당성 조사를 하면서 KFX 개발에 몇 년을 허비하고 이제 겨우 설계를 마치고 시제기 제작에 들어가게 되었다.

그에 반해, SH항공은 회사가 설립되고 불과 1년도 되지 않은 시간에 시제기 제작에 들어간다는 소식을 전했다.

참으로 불가사의한 일이었다.

이 때문에 일각에선 혹시나 SH항공이 사기를 치는 것은 아닌가, 하는 의심의 눈으로 보았지만 사기라고 보기에는 너무 이상했다.

그동안 조용히 회사를 설립하고 조립 공장 부지를 구

입하는 데 들어가는 비용만으로 천문학적인 자금이 들어간 걸 알기에 스케일이 커도 너무 크던 것이다.

더욱이 전투기를 개발하는 데 예산 지원을 한 푼도 받지 않고 회사 자산으로 했다고 하지 않는가.

또 다른 시각으로 보는 이들은 SH항공이 중국이 그러던 것처럼 다른 나라의 전투기를 불법 복제하는 것은 아닌가 하는 의심까지 하였다.

모양만 살짝 바꿔 전투기를 개발했다고 사람들을 속이는 것이 아닌가, 하는 것이다.

그리고 지금까지 SH항공이 벌인 일을 생각하면 이게 가장 합리적인 의심이었다.

불법 복제를 했다면 이렇게 이른 시일에 전투기를 개발했다는 주장이 어느 정도 설득력이 있기 때문이다.

또 그런 의심은 SH항공이 내놓은 신형 전투기 형상을 보면서 더욱 짙어졌다.

SH항공에서 선보인 신형 전투기 형상은 스웨덴의 명품인 JAS 39 그리펜 전투기나, 혹은 이스라엘의 크피르 C—2 전투기와 무척 닮은 형태를 하고 있었다.

하지만 두 전투기는 요즘 전장 환경에 별로 맞지 않는 전투기다.

물론 스웨덴의 JAS 39 그리펜 같은 경우에는 한국의 F/A—50의 경쟁 기종으로 충분히 경쟁력이 있다고는 하지만, 불법 복제를 했다면 이를 한국 공군이 사용하기에는 부적합한 일이다.

또 해외 수출을 하려고 해도 일단 불법 복제라는 꼬리표가 붙게 된다면 당연히 해외 수출도 힘들어진다.

어느 쪽을 생각해도 이는 말이 되지 않는 일이었다.

하지만 SH항공에서는 자사가 개발한 전투기는 절대 불법 복제나 페이퍼만 존재하는 사기 제품이 아니라고 천명했다.

그러면서 자신들이 개발한 신형 전투기의 성능 목표와 제원을 공개하였다.

그러자 의심의 눈초리를 하던 사람들은 이를 믿지 않을 수 없게 되었다.

이렇게 SH항공이 자신들의 주장을 거듭하자, 대한민국 공군은 물론이고, 해외 전투기 관련 전문가들, 그리고 국방부 장관이나 공군 사령관들이 지대한 관심을 보이기 시작했다.

그러는 한편, 전투기 개발 기술을 가지고 있는 항공 전문 회사들의 경우, 혹시나 자신들의 기술이 유출된 것은 아닌지 의심하며 점검하기에 바빠졌다.

*   *   *

심보성은 SH항공에서 개발하는 신형 전투기가 궁금해 직접 찾아왔다.

다른 일이라면 그저 간부 한 명 딸려 보내며 수호가 요구한 경비 인력만 파견하면 그만이다.

하지만 그도 SH항공이 개발한다는 전투기가 궁금하긴 마찬가지였다.

그런 이유뿐만이 아니라 그가 속한 장군회에서 보다 더 정확한 정보를 알아오라고 지시했기 때문이기도 하다.

어찌 되었거나 답답한 것은 맞았기에 충북 청주시에 위치한 SH항공에 직접 파견되는 직원들을 인솔해 왔다.

그리고 SH항공 입구 한쪽에 전시되고 있는 전투기 모형을 보며 감탄했다.

"와, 대단한데?"

그가 알고 있는 일반적인 전투기 형상은 아니었지만, 밝은 회색으로 도색되어 있는 탈타 형의 전투기 모형은 감탄을 자아냈다.

그 모형을 보고 감탄하는 것은 비단 심보성뿐만이 아니었다.

그의 뒤를 따르던 아레스의 파견 직원들 또한 비슷한 감상들을 토해 냈다.

"어서 오십시오."

심보성 사장이 아레스의 파견 직원들과 함께 모형 전투기를 보며 감탄하고 있을 때, 수호가 다가와 이들을 맞았다.

"이게 실물 모형인 거야?"

심보성이 자신을 향해 인사하는 수호를 보며 물었다.

그의 물음에 수호가 작게 미소 지으며 고개를 끄덕였다.

'불가사의하군!'

수호의 긍정적인 답변을 보게 된 심보성은 속으로 그런 판단을 내렸다.

몇 년 전만 해도 자신의 밑에 있던 군인이다.

물론 그때도 그가 알고 있는 그 어떤 군인보다 능력이 뛰어난 전사였지만, 이런 쪽으로는 전혀 상상하지 못했다.

그런데 군을 나선 뒤, 수호가 보여 준 행보는 참으로 놀라움의 극치였다.

막말로 영화를 찍어도 이보다 더 스펙터클하지는 않을 것이다.

전장에서 적에게 사신으로 불리던 전사가 부상을 입고 전역한 뒤 폐인이 되었다.

하지만 전사는 그냥 포기하지 않고 어느 날 갑자기

TV 예능에 출현을 하였다.

해외에서 조난을 당했다가 구출이 된 것이다.

전직 특수부대 용사이던 수호가 조난을 당해 구조 받았다는 것에 아연했지만, 그 뒤의 행보는 더욱 그를 놀라게 했다.

그 이전까진 육체파였다면, 이후의 행보는 두뇌파가 된 것처럼 각종 신기한 것들을 개발하였다.

불에 잘 타지 않는 단열재를 개발하지 않나, 뿌리기만 해도 총알을 막아 내는 방탄 소재를 만들지 않나.

심보성이 보기에 수호는 고대나 중세 시대에 태어났다면 나라를 세우든가, 최고의 장수로 이름을 떨쳤을 것이란 생각이 들었다.

그런데 이번에는 산업의 집약체인 항공기 중에서도 전투기를 개발했다.

아직 자신의 눈으로 직접 확인한 것은 아니다.

하지만 이렇게 버젓이 회사 앞마당에 모형을 전시해 놓을 정도라면, 그의 주장대로 전투기를 만들어 냈을 게 분명하다.

"김 실장님, 이분들에게 머물 곳과 해야 할 일에 대해 알려 주세요."

수호는 자신의 뒤에 서 있는 국진을 보며 지시하였다.

SH화학의 보안 실장이던 김국진은 이어서 SH항공의 보안 책임자가 되었다.

물론 SH화학은 다른 사람에게 실장의 자리를 넘겨주고 SH항공으로 넘어왔다.

이는 좌천 같은 것이 아니다.

아니, 어떻게 보면 규모면에서 SH화학보단 SH항공의 규모가 훨씬 컸기에 승진이라 할 수도 있다.

"알겠습니다."

수호의 지시를 받은 국진은 심보성을 따라온 아레스 직원들을 인솔해 자리를 떠났다.

"이번에도 우리는 외곽 경비를 맡는 것인가?"

심보성도 SH화학에 파견된 직원들로부터 이야기를 들었기에 한 번 물은 것이다.

"보안을 위해선 어쩔 수 없습니다."

심보성의 질문에 수호는 단호하게 대답하였다.

그러자 심보성이 눈을 동그랗게 떴다.

설마 이렇게 직설적으로 대답할 줄은 예상치 못했기 때문이다.

"그렇긴 하지."

수호의 너무 솔직한 대답에 심보성도 수긍하면서 말했지만, 목소리는 담담하지 못해 살짝 떨렸다.

하지만 수호는 그런 심보성의 심리에 아랑곳하지 않

고 앞서 걸었다.

"위에서 무슨 지시를 받고 오셨을 테니, 궁금한 것이 있으면 물어보세요."

자신의 앞에서 궁금한 점을 물어보라는 수호의 말에 심보성은 다시 한번 깜짝 놀랐다.

'물어보라'는 말 앞에 자신이 누군가에게 지시를 받고 왔다는 말을 했기 때문이다.

'어떻게 안 거지?'

자신이 장군회에 가입된 것은 비밀이었다.

이는 그가 사장으로 있는 아레스 내에서도 아주 극소수만 알고 있는 사실이다.

아레스에 고문이란 직함을 가지고 있다고는 하지만, 수호는 절대 장군회와 관련된 어떤 것도 알 수 없는 위치에 있었다.

그런데 어떻게 안 것인지 명칭을 언급하진 않았지만, 심보성의 뒤에 누군가가 있음을 알고 있는 듯한 수호의 말에 놀랐다.

"어떻게 안 것이지?"

조금 전까지만 해도 좋은 지인, 혹은 예전의 좋은 상관 정도의 관계로 대하던 것과 달리 질문하는 심보성의 표정은 마치 잠에서 깨어나 사냥을 준비하는 맹수 같았다.

하지만 이런 심보성의 위협에 수호는 아무렇지 않게 받아쳤다.

"뭘 그런 걸 가지고 그러십니까? 저에 대해 알아보시지 않으셨습니까?"

수호는 도리어 자신에 대해 조사하지 않았냐고 되물었다.

실제로 심보성은 여기 오기 전, 자신의 역량을 동원해 수호에 대해 조사해 보았다.

자신이 알고 있던 정수호와, 요즘 들리는 정수호 간의 갭이 너무도 컸기 때문이다.

아니, 예전 자신의 부하이던 정수호에 대해선 확신할 수 있었다.

하지만 요즘 보인 수호의 행보는 정말이지 자신이 알고 있던 그 정수호가 맞는지 의심이 들었다.

그만큼 수호의 행보가 뜬금없었다.

"음……."

심보성은 순간 당황했다.

자신이 수호에 대해 다시 조사한 것을 어떻게 알았는지 바로 질문해 오는 것에 한편으로는 두려움까지 일었다.

"사장님이 몇몇 예비역 장성들이 조직한 곳에 몸담고 있고 아레스가 그들이 내놓은 자본으로 설립되었다는 사실, 또 각종 무기 도입 사업 등에 연관이 있음도 알고 있습니다."

수호가 입꼬리를 살짝 올리며 나는 많은 것을 알고 있다고 은연중에 알리고 있었다.

"아마도 사장님의 뒤에 계신 분들은 자신들이 밀고 있는 KFX 사업 때문에 신경이 많이 쓰이시나 봅니다."

수호가 걸어가던 것을 멈추고 자신의 말에 놀라 멈춰 있는 심보성 사장을 돌아보았다.

그런 수호의 모습에 심보성은 조금 전 기세를 올리던 모습은 어디 가고 무언가에 억눌린 듯한 표정이 되었다.

'뭐지?'

심보성 또한 특전사 지휘관으로 입관했을 때부터 수많은 훈련과 전장을 경험하였다.

즉, 그 또한 역전의 용사란 소리다.

지금이야 배가 조금 나온 장년의 아저씨가 되었지만, 아직도 그때의 혈기는 남아 있었다.

하지만 지금 수호에게 압도된 뒤로 그런 기개는 전혀 찾아볼 수가 없다.

마치 싸움에 진 개처럼 꼬리를 말았다.

"그렇다고 그렇게 경계할 필요는 없습니다. 저 또한 그분들의 이상을 나쁘게 보진 않고 있으니 말입니다."

심보성 사장이 속한 장군회에 대해 알고 있는 수호는 슬레인으로부터 이들이 어떤 목적으로 그런 사조직을 구성하게 되었는지 알고 동조했다.

오래전 하나회라는 군 사조직으로 인해 많은 오명을 쓰게 되자, 군대 내의 사조직 결성에 학을 떼며 엄정하게 근절시켰다.

그렇지만 시간이 흐르면서 그런 사조직도 올바른 정신으로 바른길로 인도하면 좋은 것이 아닌가, 하는 의견이 나왔다.

물론 군대는 사조직이 있으면 절대로 안 되는 집단이다.

만약 그런 사조직이 자신들의 이득을 위해 능력을 모으게 되면, 대한민국은 피로 이룩한 자유민주주의를 잃게 될 것이다.

실제로 당시 하나회로 인해 광주는 피에 물들었다.

또 그와 같은 일이 세계 곳곳에서 벌어지고 있기도 했기에 그런 생각을 가진 이들은 모두 군에 의해 제재를 받고 옷을 벗었다.

하지만 그렇게 불명예 전역을 하게 된 장군들 중 몇 명이 모여 조직을 구성했다.

비록 불명예제대를 하기는 했지만, 사람의 일이란 게 그렇게 칼로 무 자르듯 잘라 낼 수 있는 것이 아니다.

그렇게 전역한 장군들이 하나둘 모여들면서 조직이 만들어졌고 그 명칭을 장군들이 모인 조직이라 해서 장군회라 명명하였다.

처음에는 그저 친한 예비역들이 모인 계와 같은 형태를 갖던 장군회는 사람이 모이자 자연스레 힘을 갖게 되었고 생명체처럼 움직였다.

이들은 대한민국의 지정학적 위치와 주변 강대국들, 위협적인 동포, 그리고 불편한 이웃 등 많은 열악한 조건에서 조국이 바로 서기 위해 무엇이 필요한지 확실히 알았다.

그래서 자신들의 인맥을 이용해 각종 방위 사업에 관여했다.

예비역이라 해도 그들의 힘은 군내에 남아 있었다.

그렇게 군에서 시행하는 각종 사업들에 관여하며 장군회는 많은 부를 축적하게 되었고 이를 바탕으로 정계로 진출하는 이들도 생겨났다.

이는 개인적 욕망에 의해 정계로 진출했다기보다는 자신들이 원하는 것을 이룩하기 위해선 정치적 도움이 필요하단 것을 깨달은 뒤의 행보다.

대한민국이라는 아주 작은 땅덩어리 안에 자신들과 같은, 그러면서 성격이 다른 여러 비밀 조직들이 암약하고 있음도 알게 되었다.

그 뒤로는 때로 견제를, 또 때로는 협력하며 지금에 이르렀다.

심보성 또한 장군이 되면 장군회에 가입이 예정되어 있었다.

다만, 뜻하지 않은 사건으로 일이 다른 방향으로 흘러가게 되었지만 후회는 없었다.

이것 또한 사랑하는 조국을 위하는 일이라 생각하기 때문이다.

그런데 이런 비밀을 생각지도 못한 사람에게 듣게 되자 심보성의 심기는 상당히 불편해졌다.

단지 자신들의 이상이 나쁘지 않다고 이야기하는 수호에게 복잡한 시선을 던질 뿐이다.

"국내에서만 힘을 모은다 해도 목적을 이루는 것은 힘들 것입니다."

수호는 장군회가 어떤 이상을 추구하는지 알고 있기에 말하였다.

"그게 무슨 소리지?"

"무슨 소리긴요. 사장님도 그동안 경험해 보셨지 않습니까?"

"음……."

"이 좁은 땅에 제 이익을 위해 국민과 민족을 버리고 입으로는 애국을 떠들지만 뒤로는 사익을 챙기는 이들이 너무 많습니다."

마치 모든 것을 알고 있다는 듯이 말하는 수호의 말에 심보성은 어떤 말도 할 수 없었다.

그 말이 맞기 때문이다.

자주 국방을 이루고 한반도 내에 평화통일을 이룩해, 세계에 대한민국의 이름을 알리겠다고 천명한 장군회 내에서도 시간이 흐르면서 변질되는 조직원이 나왔다.

사람이 권력의 맛을 보게 되면 확실히 변하기 마련이다.

이런 사실을 알기에 심보성도 수호의 말을 부정할 수는 없었다.

*　　　*　　　*

SH항공 시제기 XF—01
제원
탑승 인원 : 1명
전장 : 14.5m
전고 : 4.5m
날개 길이 : 10.2m
날개 면적 : 50㎡
자체 중량 : 5,800kg

울트라 코리아

최대 적재 중량 : 14,000㎏

최대 이륙 중량 : 19,800㎏

최고 속도 : 마하 1.8

항속 거리 : 4,100㎞

엔진 : SH001 터보팬 엔진 1기(F404 터보팬 엔진 개량형)

김중관 장군회 고문은 서류 한 장을 보았다.

대한민국에, 아니, 전 세계에 도전장을 던진 신생 전투기 제작 회사인 SH항공에서 시제기 제작에 들어간다던 전투기의 상세 제원이 적혀 있었다.

"흠!"

서류를 살피던 김중관은 자신도 모르게 감탄이 섞인 신음을 흘렸다.

그도 그럴 것이, 정부의 지원도 전혀 받지 않은 상태에서 자체적인 연구로 이 정도 전투기를 생산한다는 것은 거의 불가능에 가까웠기 때문이다.

더욱이 SH항공이란 회사는 얼마 전까지만 해도 겨우 민수용 경비행기를 만들던 곳이다.

그러던 것이 2년 전에 누군가에게 인수되어 방치되듯 운영하던 걸, 올 초 들어 급격히 사세를 확장하더니 불과 1년도 되지 않은 시간에 이 정도 성과를 냈다.

그 때문에 혹시나 사기는 아닐까 싶어 예의 주시했다.

자신의 인맥과 장군회의 역량으로 국정원과 군 정보사까지 동원해 철저히 조사한 결과, 절대 사기 같은 것이 아닌, 실제로 여러 항공 역학 박사나 비행기 설계에 뛰어난 엔지니어들을 대거 영입하여 연구 중이란 것을 알아냈다.

그런데 SH항공의 행보는 기존 전투기를 제작하는 대형 군수 복합체들과는 그 진행 속도가 비교 불가였다.

어디서 그런 능력들이 나오는 것인지, 그 진행 속도가 엄청 빨랐다.

전투기란 것은 설계도만 완성되었다고 개발이 끝나는 것이 아니고, 또 시제기가 나온다고 제작이 완료되는 것도 아니다.

그렇지만 통상적으로 전투기는 설계도가 완성되기까지 최소 3~5년은 걸린다.

사실 이보다 더 오래 걸릴 수도 있다.

그런 것을 SH항공에서는 불과 1년도 되지 않은 시간에 해냈다.

뿐만 아니라 시제기 제작에 들어간 것이다.

더욱이 전해 오는 소식에 의하면 시제기 제작 완료 시기가 불과 3개월 뒤라는 것이다.

그것도 한 번에 여섯 기의 시제기를 제작한다고 하니, 이 얼마나 황당한 일인가.

전투기 시제기는 설계와 연구가 마무리되어 양산되는 기체보다 훨씬 비싸다.

그렇기 때문에 전문 전투기 제작업체도 시제기를 그렇게 많이 생산하지 않는다.

그런데 SH항공은 그런 사실을 무시하고 보통의 2배인 6기를 한 번에 제작한다는 것이다.

이로 미뤄 보면, 아마도 SH항공의 사장은 전투기 개발 시간을 앞당기기 위해 물량으로 승부를 보려는 것 같다고 여겼다.

하지만 이는 수호를 알지 못하기에 내리는 판단이다.

수호는 이번 전투기 개발에 대해 전혀 걱정하지 않았다.

자신의 능력은 물론이고, 인공지능 생명체인 슬레인의 능력을 믿고 있기 때문이다.

자신과 슬레인의 능력을 총동원하여 비록 실체는 아니지만 가상의 공간에서 무수히 만들고 실험하였다.

이는 SH항공의 직원들이 실제로 제작할 수 있는 역량을 고려해 설계를 마친 것이다.

만약 직원들이 이번 시제기 제작으로 실력이 향상된다면 보다 더 성능을 업그레이드한 블록2, 블록3을 빠르게 개발할 계획도 갖추고 있었다.

"이게 사실이라면 이석희 사장이 고생 좀 하겠는데요?"

전 공군 사령관이던 이종찬이 말하였다.

그 또한 이번 공군의 노후 기종 교체 사업인 KFX에 지대한 관심을 보이는 사람 중 한 명이다.

그래서 KAI의 KFX 개발을 적극 지지하고 있었다.

남들은 굳이 전투기를 독자 개발할 필요가 있느냐고 반대 의견을 내놓기도 하였다.

하지만 다른 것도 아니고 공군 사령관으로 있던 이종찬은 현역에 있으면서 많은 것을 느꼈다.

한국의 공군은 작전 현장에 맞춰 전투기 성능 개량의 필요성이 제기되어도 자체적으로 전투기를 개량할 수가 없다.

우리가 우리 돈으로 사들인 전투기이기는 하지만, 100% 한국 공군의 소유가 아니라는 소리다.

그렇기 때문에 성능 개량의 필요성이 대두되어도 개량을 위해선 미국의 허가를 받아야 하며, 또 허가가 떨어진다고 해서 한국 공군이 직접 개량할 수도 없다.

전투기를 생산한 미국 업체에게 가져가 막대한 개량 보수비를 지불하고서야 성능 개량을 할 수가 있다.

더욱이 그 성능 개량비가 엿장수 마음대로다.

업체가 부르는 것이 값이고 어떨 때는 소형 전투기 가격이 들어갈 때도 있다.

하지만 한국 공군은 이를 울며 겨자 먹기로 수용해야 했다.

그래야 필요로 하는 성능을 보유하여 잠재적 적국인 주변 강대국에 대응할 수 있기 때문이다.

그래서 독자적으로 전투기를 개발하려는 것이다.

그렇게 되면 필요에 따라 마음대로 전투기를 저렴한 가격에 개량할 수 있다.

대한민국의 유일한 전투기 생산업체인 KAI도 독자적으로 전투기 개발에 들어간 지 7년여 만에 설계를 마치고 시제기 제작에 들어갔다.

그런데 전투기라고는 한 번도 제작이나 생산을 해 본 적이 없는 SH항공이 1년도 되지 않은 시점에 설계를 마치고 시제기 제작에 들어간 것이다.

더욱이 제원 상으로 비교해 보아도 절대 KFX에 뒤지지 않았다.

아니, 어떤 부분에선 중형 기체인 KFX보다 더 뛰어났다.

분명 자신이 보고 있는 SH항공의 XF—01는 중형 전투기가 아닌 소형 전투기다.

즉, KAI의 F/A—50과 비슷하거나 조금 컸지만, 그 성능은 그것을 훨씬 초과해 한국 공군의 주력 전투기라 할 수 있는 KF—16과 맞먹었다.

중형 전투기와 소형 전투기의 성능이 비슷하다고 하니 놀라지 않을 수가 없었다.

그렇기에 지금 이종찬은 KAI의 사장인 이석희를 걱정하는 것이다.

더군다나 장군회의 비자금이 이번 KFX 사업에 상당 부분이 들어가 있기에 이 또한 걱정을 하는 것이다.

"물론 그렇기는 하지만, 우리의 목적은 이윤을 추구하는 것이 아니라, 조국의 자주독립과 평화통일이지 않나?"

"물론 그렇지요. 하지만……."

고문인 김중관의 이야기에 이종찬도 동조하지만, 걱정이 아예 되지 않는 것은 아니었다.

그렇기에 대답하면서도 말끝을 흐렸다.

민간 회사인 SH항공에서 뛰어난 소형 전투기를 개발한 것은 한국의 입장에서 무척 고무적인 일이다.

그렇지만 그로 인해 정부가 주도로 개발하고 있는 KFX가 흔들려서도 안 된다는 생각을 가진 이가 이종찬이다.

더욱이 KFX는 사업 초기부터 부침이 많았다.

미국의 로비를 받은 많은 정치인이나 언론사들이 앞

다투어 KFX 독자 개발을 반대했다.

한국의 전투기 개발 능력이 안 된다, 성능이 검증된 미국의 신형 전투기가 있는데, 굳이 뒤늦게 구시대적인 4세대 전투기를 개발할 필요가 있냐는 말까지 나왔다.

물론 5세대로 대변되는 스텔스 전투기가 현대 전투기의 대세적인 흐름이기는 하지만, 이는 하나만 알고 둘은 모르는 이야기다.

스텔스 전투기는 그 능력을 유지하기 위해 많은 보수비가 들어간다.

일반 4세대 전투기는 한 번 훈련하는 데 몇 십에서 몇 백만 원의 유지 보수비가 소요된다.

하지만 스텔스 전투기는 한 번 훈련을 하고 그 성능을 유지 보수하는 비용으로 몇 천만 원에 이르는 비용이 발생한다.

더욱이 유지 보수를 하는 것은 전적으로 미국의 손으로 이루어진다.

이는 스텔스 기술의 유출을 막기 위해 그런 것이다.

그 때문에 미국에서도 최초 스텔스 전투기 도입 계획을 변경해 그 수를 줄이고 노후가 된 기존의 전투기들에 대한 성능 개량으로 가닥을 잡고 있다.

일명 천조국이라 불리는 미국마저 이럴진대, 그보다 못한 국가들은 어떻겠는가.

막말로 스텔스 전투기의 유지 보수비를 아끼기 위해 전투기를 공중에 띄우지 못하는 사태가 벌어질 수도 있다.

이런 이유로 처음 여론은 KFX 개발에 반대하는 목소리가 커졌다.

하지만 시간이 흘러 현재는 대한민국이 KFX를 개발하려는 것이 신의 한 수였다는 옹호의 목소리가 나오고 있다.

"어차피 KFX는 스텔스 기로의 전환을 목적으로 개발되는 과도기적 전투기 아닌가?"

무엇을 우려하는 것인지 알고 있는 김중관이 조심스럽게 이종찬을 설득했다.

실제로 KFX는 그러한 목적을 가지고 처음부터 전투기 디자인을 미국의 F—22 형상으로 따라 했다.

다만, 이직 기술력이 부족해 내부 무장창을 만들기 위한 공간을 비워 두고 그 위치에 반 매립형으로 디자인을 변경한 상태다.

KFX의 개발이 순조롭게 진행된다면 블록3에 가서는 내부 무장창을 가진 완벽한 스텔스 전투기가 될 것이다.

"더욱이 여길 한 번 봐 주게."

김중관은 XF—01의 제원이 나와 있는 서류의 한 지

점을 짚었다.

그곳에 바로 전투기 엔진이 적혀 있었다.

"이게 무슨?"

이종찬은 가만히 김중관의 이야기를 듣던 중 그가 가리킨 부분을 다시 한번 보았다.

엔진 : SH001 터보팬 엔진 1기(F404 터보팬 엔진 개량형)

'어?'

김중관이 가리킨 부분을 확인하던 이종찬은 깜짝 놀랐다.

처음 XF—01의 제원을 볼 때만 해도 그것의 엔진이 단순한 F404의 개량형이라고만 생각했다.

그렇지만 지금 생각해 보니 그냥 서류에 적힌 대로 F404 엔진을 개량한 것만으로 제원 상 성능을 발휘한다는 것은 말이 되지 않는다.

저 정도 성능을 내려면 그보다 진보된 F414 엔진의 최신 버전인 F414—EPE와 동급이거나 조금 더 좋아야 가능하다.

"이게 사실일까요?"

이종찬은 자신이 본 것을 도저히 믿을 수 없어서 그

렇게 물었다.

"나야 모르지. 하지만 이게 사실이라면 KFX에도 꼭 나쁘다고 볼 수 없지 않겠나?"

장군회의 고문으로서 그동안 쌓아 온 역량이 있기에 이종찬은 조심스럽게 자신의 생각을 물었다.

그러자 김중관도 자신이 생각한 것을 여과 없이 그대로 말하였다.

만약 XF—01의 제원 표에 있는 엔진 성능이 적힌 대로만 나온다면, KFX로선 새로운 기회가 될 것이다.

그도 그럴 것이, KFX는 쌍발의 엔진으로 설계되었다.

이는 고장 시 안전을 고려한 설계이기도 하지만, 처음부터 중형 급으로 계획하고 개발을 시작했다.

그래서 엔진도 F414—GE—400 엔진을 선택한 것이다.

하지만 국내에 그보다 성능이 더 뛰어난 전투기 엔진이 개발되었는데, 군이 비싼 미국의 전투기 엔진을 사용할 필요가 있겠는가.

물론 처음부터 F414—GE—400 엔진을 생각해 설계했기에 XF—01의 엔진을 사용하려면 설계 변경이 필요하겠지만, 이도 큰 문제가 되지 않는다.

XF—01에 들어가는 SH001 터보팬 엔진은 F414 엔진의 원형이라 할 수 있는 F404 엔진을 개량한 것이기에 크게 다르지 않다.

더욱이 엔진의 크기도 F414—GE—400과 다르지 않아 굳이 설계 변경으로 키우지 않아도 된다는 장점이 있다.

순간 이종찬은 XF—01에 들어가는 SH001 터보팬 엔진이 KAI가 개발하고 있는 KFX에 장착되었을 때의 모습을 상상했다.

기존 F414 엔진을 가지고도 세계 유수 언론들은 KFX가 상당히 잘 만들어졌다고 말하였다.

그리고 그건 공군 관계자들의 평가도 그러했다.

그런데 이보다 더 성능이 뛰어난 엔진을 탑재한다면 어떻게 될 것인가.

크기는 미들급인데, 성능은 하이급의 괴물 전투기가 만들어지는 것이다.

더군다나 KFX는 스텔스기를 목전을 두고 개발되는 4.5세대 전투기다.

어쩌면 한국이 보유한 최고의 전투기인 F—15K를 능가하는, 현존하는 최고의 F—15라 불리는 F—15EX에 버금가는 기체가 만들어질 수도 있겠다는 생각마저 들었다.

"으음……."

이런 상상을 하자 이종찬은 저도 모르게 흥분해 탄성이 나왔다.

하지만 자리가 자리이다 보니 그것을 억누르다 이상한 비음이 되고 말았다.

"자네도 만족하나 보군."

"예, 그렇습니다. 듣고 보니 굳이 불안해할 필요가 없었군요."

"맞아. 어차피 둘 다 대한민국의 하늘을 수호할 것들 아닌가?"

김중관은 그렇게 새로운 전투기의 출현으로 불안해하는 이종찬을 위로했다.

이종찬 또한 처음엔 불안하여 고문인 김중관을 찾았다가 이렇게 이야기를 나누고 보니, 자신이 괜한 고민을 했음을 깨닫고 위안을 찾았다.

"그런데 고문님은 어떻게 이런 사실을 잘 알고 계시는 것입니까? 혹시 고문님께선 SH란 회사를 이미 알고 계시던 것입니까?"

갑자기 신형 전투기를 개발하겠다며 뛰쳐나온 SH항공 때문에 골머리를 앓던 이종찬은 너무도 태평한 김중관의 모습을 떠올리며 물었다.

"물론 전부터 관심을 좀 가지고 보고 있었지."

무엇을 생각하는 것인지 김중관은 손에 들고 있던 서

류를 내려놓고 창밖을 지그시 쳐다보았다.

　그러자 그의 머릿속에 며칠 전 자신을 찾아온 심보성과의 대화가 생각났다.

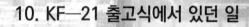

10. KF—21 출고식에서 있던 일

대만한국에서 독자적으로 개발에 성공한 4.5세대 진투기 KF—21의 출고식이 이루어졌다.

KF—21은 KAI가 개발하던 KFX의 정식으로, 공군에서 지정한 고유 넘버다.

그렇다고 해서 바로 전투기가 생산되어 공군에게 인도되는 것이 아니다.

시제기의 출고로 각종 시험과 비행 시험을 거쳐 오류를 모두 잡은 뒤 시험에 통과하면 그때 양산을 시작한다.

그렇지만 어찌 되었든 세계에서 열세 번째로 4세대

이상의 초음속 전투기를 독자 개발한 국가가 되었다는 것은 한국인으로서 커다란 자부심을 느끼기에 충분했다.

"상당히 크군."

수호는 자신이 만들고 있는 XF—01에 비해 큰 크기를 가진 KF—21 보라매를 보며 중얼거렸다.

"저희가 개발하고 있는 XF—01에 비해 크기는 하지만, 이보다 덩치가 더 큰 전투기는 많습니다."

KF—21의 출고식을 보기 위해 온 수호.

그리고 그의 중얼거림을 들은 홍진호 SH항공 부사장이 설명하였다.

"저희가 만들고 있는 XF—01은 로우급이고 지금 보고 계시는 KF—21은 미들급, 그리고 F—15가 하이급으로 그 크기는 로우급인 XF—01에 비해 5m는 더 큽니다."

"흐음."

홍진호 부사장의 설명을 들은 수호는 눈을 동그랗게 뜨며 놀라움을 표했다.

사실 수호가 느끼기에 전장이 14m가 조금 넘어가는 XF—01도 크다고 생각했다.

그런데 그게 가장 작은 크기의 전투기에 속한다는 설명을 듣고 놀란 것이다.

"물론 성능만 놓고 보면 미들급인 KF—21에 저희의 XF—01이 밀리지 않습니다."

이야기하는 홍진호의 모습에 자신이 속한 회사에서 개발하는 전투기에 대한 자부심이 대단함을 알 수 있었다.

'그럼 누가 설계한 것인데.'

[맞습니다. 주인님과 제가 심혈을 기울여 설계한 것인데, 다른 것에 뒤쳐질 수는 없지요.]

자신이 설계한 XF—01에 대한 생각을 떠올리자 수호의 손목에 착용되어 있던 슬레인도 텔레파시를 이용해 그에게 떠들었다.

사실 현재 제작되고 있는 XF—01보다 더 성능을 우수하게 만들 수도 있었다.

하지만 그렇게 하지 않는 이유는 따로 있었다.

아무런 정보도 없는 상태에서 국가의 역량을 총동원해 개발하고 있는 KF—21보다 더 우수한 전투기를 개발하고 있다고 발표하게 되면, 수많은 기관과 나라들로부터 집중적인 관심을 받게 될 것은 당연한 사실이었다.

때문에 그런 상황이 벌어질 것을 우려해 일부러 성능을 조절한 것이다.

굳이 국가에서 하는 일에 초를 칠 필요도 없을뿐더

러, 동시에 비슷한 성능의 전투기가 생산된다면 국가적으로도 좋을 것이다.

또한 미들급과 로우급으로 나뉘어 판로가 생기는 것이니 KAI를 망하게 하지 않을 것이다.

그렇기 때문에 굳이 로우급 전투기인 XF—01의 성능을 더 이상 키울 필요가 없는 것이다.

더욱이 지금도 XF—01의 성능은 오버스펙이었다.

물론 수호의 계획안에는 이번 XF—01의 개발 이후에 F—15와 같은 하이급 전투기의 개발도 포함되어 있었다.

사실 XF—01의 개발은 차후 하이급 전투기 개발에 대한 연구 자료를 습득하기 위한 방법이었다.

그리고 최종적으로, 현재 등장하고 있는 6세대 전투기의 비전인 인공지능을 이용한 무인 전투기와의 합동 전투 시스템을 완성하는 것이다.

"멋있지 않습니까?"

수호와 홍진호 부사장이 KF—21의 시제기를 보며 이야기하고 있을 때, 누군가가 다가와 말을 걸었다.

수호에게 말을 건 사람은 바로 장군회 회원인 이종찬이었다.

사전에 수호에 대한 정보를 입수하고 오늘 KF—21의 출고식에 참석한다는 이야기를 듣게 되자 일부러 찾아와 말을 걸었다.

[예비역 공군 대장인 이종찬입니다. 장군회에 가입되어 있으면서 이번 KF-21 개발에도 깊이 관여하고 있는 인물입니다.]

슬레인은 이종찬이 다가와 말을 걸자 얼른 수호에게 그에 대한 정보를 알렸다.

"예. 멋지군요."

슬레인의 보고에 자신에게 말을 건 상대의 정체를 알게 된 수호는 얼른 대답하였다.

"누구?"

갑자기 대화에 끼어든 이종찬에게 부사장인 홍진호가 물었다.

"아! 이런, 내가 실수를 했군. 난 KAI의 고문으로 있는 이종찬이라고 하네."

자신의 이름과 정체를 밝힌 이종찬은 수호에게 관심을 보이며 말을 걸었다.

"방명록에 SH항공의 대표와 부사장이 있던데……."

이미 정체를 알고 왔으면서도 모르는 척 질문을 하였다.

"예. 제가 SH항공의 사장인 정수호이고 여기……."

"홍진호라고 합니다."

수호와 홍진호는 이종찬에게 자신을 소개했다.

"하하, 정확하게 찾아왔군."

이종찬이 미소를 지으며 눈을 반짝이고는 질문을 계속했다.

"SH항공에서도 곧 시제기 출고식을 한다고 하던데, 그게 사실인가?"

항간에 떠돌고 있는 SH항공의 빠른 행보에 대해 물었다.

SH항공은 전투기 설계를 9개월여 만에 완료하고 그 시제기를 제작하고 있다.

그런데 시제기 조립이 완료되었는데, 왜 그런지 출고식을 하지 않고 있었다.

이 때문에 사실 말이 많았다.

설계가 잘못되어 움직이지 않는다, 어떤 이는 조립이 잘못되어 분해를 해 다시 조립해야 하기 때문에 출고식을 늦춘 것이다 등등 많은 소문이 있었지만 정확한 것은 아니다.

그렇기에 이종찬은 무엇 때문에 SH항공에서 시제기 출고식을 하지 않고 미루고 있는지 궁금해 접근을 한 것이다.

"예. 조만간 저희도 KAI처럼 시제기 출고식을 할 예정입니다."

"그래? 그런데 듣기론 시제기 조립이 완료되었지만, 문제가 생겨 출고식을 하지 않고 있다고 들었는데, 그건 어떻게 된 것인가?"

나이가 많은 이종찬은 자연스럽게 말을 놓고 이야기했다.

하지만 이를 듣고 있는 수호는 별로 신경 쓰지 않고 대답했다.

"국가적 행사를 앞두고 있는 KAI를 두고 어떻게 저희가 먼저 출고식을 하겠습니까?"

수호는 항간의 소문을 일축하고 KAI의 이번 출고식을 두고 국가적 행사라 말했다.

그런 수호의 대답에 이종찬은 자신도 모르게 고개를 끄덕였다.

'생각이 남다르군.'

그러면서 속으로는 수호의 이런 생각에 긍정의 표를 던졌다.

이미 이종찬은 김중관과 이야기하면서 수호에 대한 호감과 궁금증을 갖게 되었다.

그는 국가 주도하에 이루어진 KFX 사업의 성공을 기원하기 위해 전투기 출고식을 미룬 것이다.

이미 시제기가 완성되었음에도 불구하고 말이다.

이에 이종찬은 깊이 감탄했다.

"그런 것인가? 하 참, 고맙네!"

이종찬은 마음에서 우러난 생각을 그대로 말했다.

그런 이종찬의 인사에 수호는 살짝 미소를 지어 보였다.

한편, 두 사람의 대화를 옆에서 듣고 있는 홍진호는 머릿속이 복잡했다.

조금 전 자신을 KAI의 고문이라고 한 이종찬에게서 뭔가 다른 느낌을 받았기 때문이다.

KAI와 자신들은 분명 경쟁 관계다.

비록 정부의 전폭적인 지지를 받고 있는 KAI에 비해 규모면에서 경쟁이 되지 않는 것은 자명한 사실이지만, 어찌 되었든 KAI와 SH항공은 경쟁 관계에 놓인 회사였다.

하지만 지금 분위기를 보면 경쟁 관계가 아닌 협력 관계, 아니, 이종찬이 KAI의 고문이 아닌 자신이 있는 SH항공의 고문 같아 보였다.

홍진호는 이것이 궁금하던 것이다.

'혹시 사장님의 지인인가. 하지만 처음 접근했을 때 보면 그것도 아닌 듯한데…….'

아무리 궁리해도 수호와 이종찬의 관계가 이해되지 않아 머릿속만 복잡해졌다.

"그런데 궁금한 것이 있는데……."

이종찬은 사실 수호에게 접근하고자 한 목적이 따로 있었다.

SH항공에서 개발한 전투기 시제기의 출고식이 궁금한 것도 맞지만, 그의 관심은 그 시제기에 들어가는 전투기 엔진의 성능이 더욱 알고 싶었다.

자신이 본 서류에 있던 그대로 성능이 맞는 것인지 확인하고 싶던 것이다.

"내가 KAI의 고문으로 있고, 또 전에는 공군에 있던 사람이다 보니 새로 개발되는 전투기나 비행기에 관해 무척 관심이 많네."

이야기하면서 잠시 수호의 눈을 쳐다보던 이종찬은 속으로 감탄하며 계속 말을 이어 갔다.

"전투기 엔진이란 게 독자적으로 개발하는 것이 거의 불가능에 가까운 일인데, SH항공에서는 그 엔진을 어디서 얻은 것인가?"

정보가 없는 새로운 전투기 엔진이 어디서 개발된 것인지 궁금해 물었다.

사실 전투기 엔진을 개발 생산하는 나라는 얼마 없다.

전투기 엔진은 그 쓸모가 무척이나 한정되어 있기 때문이다.

자동차 엔진처럼 보편적으로 사용할 수도 없고 자칫 적성국에 들어가게 되면 심각한 위협으로 다가올 수도 있기에 관리에 신경을 꽤 써야 한다.

그러다 보니 전 세계를 돌아봐도 전투기 엔진은 손가락에 꼽을 정도로 적은 수의 나라에서 생산되고 있었다.

그리고 자유민주주의 국가 중에 미국과 유럽 연합에 속한 회사가, 공산 사회주의 국가에서는 우크라이나와 중국만이 전투기 엔진을 생산하고 있다.

하지만 SH항공에서 사용하는 전투기 엔진을 공급한 나라는 어디에도 없다.

또 그 정도 고성능의 엔진을 외국에 수출하는 나라도 없는 것이 사실이었다.

세계 최고의 전투기 엔진을 개발하는 회사를 두 곳이나 두고 있는 미국의 경우, 이를 철저히 관리 감독하고 있다.

의회의 승인이 있지 않는 이상, 아무리 엔진을 개발한 회사라도 전투기 엔진을 함부로 외국에 판매하지 못한다.

그렇기에 이종찬은 SH항공이 사용하는 전투기 엔진의 소제가 자못 궁금하였다.

"음, 알고 계실지 모르겠지만 SH화학이라고……."

자신이 SH화학의 고문을 겸직하고 있고 그곳에서 방탄 스프레이를 개발해 미국과 협상을 벌여 GE의 전투기 엔진인 F404를 가져오게 된 이야기를 수호는 그에

게 들려주었다.

뿐만 아니라 F404 엔진은 단순 면허 생산이 아닌, 해외 판매까지 자유로운 일괄 구매 형식임도 알려 주었다.

이런 이야기를 듣게 된 이종찬은 깜짝 놀랐다.

그 또한 정부에서 미국과 협상하여 전투기 엔진을 구매한 사실을 알고 있었다.

당시 이종찬은 굳이 구형인 F404 엔진을 구매할 것이 아니라 KFX에 사용될 F414 엔진으로 구매할 것이 어떠했을까, 라는 생각을 했다.

하지만 생각해 보면 미국이 아무리 방탄 스프레이가 필요했더라도, F404 대신 F414 엔진을 판매하진 않았을 것이란 판단을 내리긴 했다.

"기술력은 충분하니 굳이 불가능한 F414 엔진을 미국에 요구하기보단 구형이라 판매가 가능할 것 같은 F404 엔진을 조건으로 내놓으니, 협상이 쉽게 진행되었다고 들었습니다."

전투기 엔진 구입에 대한 내막을 들려주며 이종찬의 이해를 도왔다.

"호오! 그런 내막이 있었군."

자신이 모르던 비밀이 있었음을 알게 된 이종찬은 감탄했다.

듣고 보니 그 말이 맞았다.

아무리 미군이 필요한 물건이라고 해도, 전투기 엔진은 함부로 다른 나라에 판매할 수 있는 물건이 아니었다.

물론 수호가 개발한 방탄 스프레이도 경우에 따라선 전투기 엔진 이상의 위협으로 다가올 수 있는 물건이었다.

하지만 누구나 자신이 가진 물건의 가치가 다른 사람이 가지고 있는 물건보다 높게 생각하는 것이 보편적이다.

그러니 미군도 아마 그렇게 생각할 것이기에 수호는 굳이 최신의 것이 아닌 한 세대 전의 구형 엔진을 선택한 것이다.

다만, 수호는 구형의 F404 엔진을 바탕으로 보다 더 뛰어난 신형 전투기 엔진을 만들 자신이 있었다.

게다가 슬레인의 도움을 받는다면 현존 최강의 전투기인 F—22에 들어간 F119—PW—100, 프랫&휴트니 사의 엔진보다 더 강력한 엔진을 만들 자신도 있다.

또한 F—35의 F135—PW—100을 능가하는 엔진도 만들어 낼 수 있다.

하지만 다른 사람들이 수긍할 수 있는 범위 내에서 일하려다 보니, 지금의 SH—001 엔진을 만들었다.

아무리 기본 베이스가 있다고는 하지만, F404로 지금 이상의 전투기 엔진을 개발하는 걸 이해하고 넘어갈 사람은 아무도 없기 때문이다.

"그게 정말인가?"

전투기 엔진을 자체적으로 개발했다는 이야기에 이종찬은 깜짝 놀랐다.

SH항공의 XF—01이 비록 로우급 전투기지만, 미들급 성능을 내는 것은 전적으로 엔진 때문이다.

그런데 이런 강력한 전투기 엔진을 자체적으로 개발했다는 소리에 놀라지 않을 수 없었다.

'고문님의 예상이 맞았다.'

비록 육군과 공군으로 병과는 다르지만, 자신보다 몇 기수 앞선 김중관 고문이기에 이종찬은 그를 존중하고 그의 고견을 듣는 것에 반감을 갖지 않았다.

그의 말을 100% 믿기에는 현실이 녹록지 않았지만.

그런데 그가 믿고 기다려 보자고 한 것이 사실로 밝혀지자 이종찬은 놀랐다.

물론 아직까지 실물을 확인한 것은 아니지만, 조금 전 대화 중 조만간 SH항공에서도 시제기 출고식을 할 것이라 하지 않았는가.

그때를 기다리면 확인할 수 있는 문제이니, 일단 넘어가기로 했다.

"SH항공의 시제기가 양산된다면, 우리의 F/A—50은 판로가 막히겠군."

이야기하다 보니 이종찬은 KAI에서 생산하고 있는 F/A—50 경공격기가 떠올랐다.

F/A—50은 록히드사와 KAI가 공동으로 개발한 고등 훈련기인 T—50을 기반으로 개발한 경공격기다.

원래 훈련기를 기반으로 개발한 공격기이다 보니, 그 성능에 한계가 분명 있었다.

그럼에도 경공격기 중에선 매우 우수한 전투기임은 확실했다.

하지만 앞으로 SH항공에서 신형 전투기가 양산된다면 F/A—50은 설 자리를 잃고 말 것이다.

지금도 경쟁 기종으로 스웨덴의 JAS—39 그리펜 전투기와 중국의 JF—17 때문에 생각보다 많은 판매 실적을 올리지 못하는 상황이다.

JAS—39 그리펜에는 성능 면에서, 그리고 JF—17에는 가격 면에서 밀리고 있었다.

앞으로 SH항공에서 생산될 전투기가 얼마의 가격으로 책정될지 모르겠지만, 많은 국가에서 SH항공을 찾을 것이다.

특히나 미국에 의해 최신 전투기 구매가 불가능한 중동의 많은 나라들이나 동남아시아의 가난한 나라들 또

한 XF—01의 성능을 알게 된다면 눈독을 들일 것이 분명했다.

무엇보다 XF—01의 장점은 높은 폭장 양에도 불구하고, 최소 이륙 거리가 겨우 200m에 불과하다는 것이다.

로우급 전투기이면서 미들급 전투기에 준하는 최대 이륙 중량을 가지는 건 예산이 부족한 국가에게는 이보다 좋은 메리트가 없다.

비싼 F—16 미들급 전투기를 구매하는 것보다 SH항공의 로우급 전투기인 XF—01을 구입하면 되기 때문이다.

더욱이 전투기를 활용하기 위해 긴 활주로가 필요 없다는 것 또한 가난한 나라에게는 무척 구미가 당기는 요소였다.

다만, XF—01이 최신 유행인 스텔스 전투기가 아니란 점이다.

최대한 레이더 탐지를 적게 받기 위해 외형 스텔스 디자인을 갖췄다고는 하지만, 그래도 스텔스 전투기는 아니다.

더욱이 XF—01은 스텔스에 취약한 카나드가 부착되어 있다 보니, 이 부분은 어쩔 도리가 없다.

하지만 수호는 이것 또한 블록2에 가면 개량할 예정

이었다.

물론 카나드를 생략하겠다는 것이 아닌, 현재 한창 연구 중인 플라즈마 패치를 XF—01 블록2에 완성하여 적용할 계획을 갖고 있었다.

플라즈만 스텔스 기술은 최초 러시아가 연구를 시도하였고 미국의 나사도 이 기술을 연구하였다.

그러나 현재의 기술력으로는 플라즈마 스텔스 기술을 완성하기까지 상당한 기술의 발전이 우선되어야 한다는 결론에 이르렀다.

그렇지만 자체 플라즈마 스텔스 기술은 기술적 한계 때문에 실패했다.

반면에 다른 방법의 연구는 상당한 진척을 보이고 있는데, 이 기술이 바로 플라즈마 패치였다.

실리콘 박막에 전류를 흘려 플라즈마를 발생시켜 표면에 플라즈마를 일으키는 이 기술은 전투기와 같은 대형 물체에 적용하기까진 아직 기술적 한계 때문에 전체를 레이더파로부터 감출 수가 없었다.

하지만 레이터파 반사가 심한 부위에 부착한다면, 상당한 효과를 볼 수 있을 것이다.

다만, 이런 기술을 효과적으로 나타내기 위해선 꽤 많은 전기 에너지가 필수적이다.

그 때문에 이 플라즈마 패치를 이용한 스텔스 전투기

를 만들기 위해 강력한 전기 발전기가 필요했다.

하지만 그러한 발전기를 전투기 내에 갖추기란 어려운 일이었다.

그렇다면 대형 수송기에는 가능하지 않느냐고 말할 수도 있지만, 그것은 그것대로 불가능하다.

그도 그럴 것이, 수송기의 경우에 그 크기가 너무 컸다.

그리고 그것을 가리기 위해 전투기에 들어가는 플라즈마 패치의 양보다 몇 배나 더 많은 양이 필요했다.

결국 그것들을 모두 작동시키기 위해선 더욱 커다란 발전기가 필요하게 된다.

그러니 아직 비행기에 넣을 수 있는, 강력하면서도 소형화된 발전기가 개발되지 않는 이상 불가능한 일이다.

하지만 수호와 슬레인은 이러한 것을 가능하게 만들 수 있는 이론을 찾아냈다.

그 방법이 바로 상온 핵융합 발전이었는데, 이것을 소형화한다면 충분히 가능하다.

그렇지만 이런 기술은 아직 상용화되지 않은, 실험실 내에서만 구현되는, 아직은 먼 미래의 것이었다.

또 이 상온 핵융합 발전은 슬레인에게도 무척 중요한 연구 과제다.

마스터인 수호를 곁에서 지키기 위해 슬레인은 자신의 정신을 담을 수 있는 신체를 갖길 원했다.

그 때문에 주식 투자를 통해 많은 돈을 벌자, 자신이 들어갈 신체를 만들기 위해 보다 더 빠르고 은밀하게 자금을 벌려고 분신인 인공지능 컴퓨터를 만들어 냈다.

뿐만 아니라 그렇게 분신들을 이용해 더욱 많은 돈을 버니, 그것을 바탕으로 이번에는 신체를 만들 수 있는 기술을 연구하는 기업들을 사들였다.

처음에는 남들의 눈에 띄지 않는 기술은 있지만, 자금력이 부족한 작은 기업을 구매했다.

하지만 시간이 지나면서 슬레인은 보다 더 큰 기업이나 연구소 등을 매입하여, 기존에 구입하던 기업들과 통합하고 기술과 인력을 모두 확보했다.

그렇게 구한 기업들이 이제는 어느 정도 진척을 보이며 제품을 만들어 내는 곳도 있었는데, 그중 하나가 바로 SH화학이다.

물론 SH화학은 수호가 슬레인이 내놓은 화학식을 가지고 아버지를 돕기 위해 회사를 설립한 것이지만, 그 자금도 사실 슬레인이 주식 투자를 통해 벌어들인 자금의 일부를 사용했으니 슬레인이 기술과 자금을 댄 것이나 마찬가지다.

이렇듯 슬레인으로 인해 알려지진 않았지만, 지구의

과학기술은 대단히 발전되었다.

그렇지만 이것을 알고 있는 사람은 수호뿐이다.

기술을 개발한 연구원들도 자신들이 어떤 기술을 만들어 냈는지 정확하게 알고 있지 않은 게 대부분이기 때문이다.

슬레인은 이런 부분에서 마스터인 수호의 안전을 위해 기술을 숨기는 방향으로 가닥을 잡았다.

만약 이러한 사실이 외부에 알려진다면, 수호에 대해 어떤 식으로든 제재가 들어올 것이 분명하기 때문이기도 했다.

수호가 아무리 초인이 되었다고 하지만, 영화 속 슈퍼맨과 같은 지구상에 존재하는 모든 무기에 맞서는 면역을 가지고 있진 않았다.

수호가 평범한 인간의 범주를 벗어난 것은 맞지만 그도 생명체다.

그러니 슬레이브로서 슬레인은 마스터인 수호의 안전을 최우선으로 할 수밖에 없기에 수호의 안전에 위협이 될 소지가 있는 것은 미연에 방지하는 것이 맞았다.

물론 이러한 기술을 숨기는 것이 능사만은 아니란 것도 잘 알고 있다.

그래서 수호가 필요로 하는 것은 언제나 우선적으로 제공하고 있었다.

　　　　　*　　　　　*　　　　　*

"잘 즐겼나?"

언제 돌아왔는지 이종찬이 이제 막 행사장을 빠져나가려던 수호를 보며 물었다.

"네. 생각보다 잘 만들어진 전투기입니다."

수호는 자신을 향해 물어오는 이종찬에게 소감을 말하였다.

비록 자신이 개발하고 있는 XF—01에 비해 손색이 있기는 하지만, 그래도 어떤 기술적 도움도 없이 맨땅에서 이 정도 성능의 4.5세대 전투기를 개발했다는 것은 칭찬받아 마땅하다.

그래서 아무 사심 없이 호평을 한 것이다.

"그렇게 이야기해 주니 고맙군."

그러면서 이종찬은 자신의 옆에 서 있던 남자를 수호에게 소개하였다.

"참, 인사하게. 여기는 이번 KF—21 보라매로 명명된 전투기 설계 책임자인 최종일 박사고 이쪽은……."

이종찬의 말이 떨어지기 무섭게 수호가 먼저 자기소개를 했다.

"안녕하십니까? SH항공의 사장 정수호입니다."

"SH항공의 부사장인 홍진호입니다."

사장인 수호가 먼저 자신의 소개를 마치자, 그 곁에 있던 홍진호 또한 자신을 소개했다.

그러자 마지못해 이종찬을 따라온 최종일은 두 사람이 자신을 보고 인사하자 깜짝 놀랐다.

처음엔 이종찬이 자신을 끌고 어떤 젊은이를 찾아온 것에 대해 의아한 표정을 지었다.

나이 차가 상당히 나는 것을 보자, 아는 지인의 자식 정도로만 생각했다.

하지만 자신을 소개한 수호의 직위를 듣고 깜짝 놀랐다.

SH항공이면 자신이 다니고 있는 KAI에 이어 독자적으로 전투기를 개발하고 있는 회사의 대표였기 때문이다.

최종일이 놀란 것은 비단 그것 때문만이 아니다.

비록 자신이 전투기 설계에 최고는 아니지만, 국내에선 자신이 최고라 자부했다.

하지만 그러한 자부심은 SH항공에서 개발하고 있는 전투기의 설계도를 보게 된 뒤로 그러한 생각을 접었다.

그러면서 한편으론 이 전투기를 설계한 사람을 만나고 싶어졌다.

하지만 SH항공의 전투기 설계의 총책임자는 배일에 싸여 있었다.

어디에도 그의 모습은 보이지 않았다.

전투기 설계는 SH항공의 엔지니어들이 하고 있었지만, 그것들을 총괄하는 것은 슬레인이었기 때문이다.

전투기 개발 순서에 따라 일을 분배하고 각 파트에 나눠 주며 그것들의 설계가 완성되면 이것을 슬레인이 다시 취합하여 최적화하였다.

그렇기 때문에 SH항공의 어느 누구도 전투기 개발의 최고 책임자가 누군지 알지 못했다.

단지, 사장인 수호의 최측근 중 한 명이 아닐까, 라는 막연한 상상을 하고 있었다.

"혹시 귀사의 전투기 개발 책임자를 한 번 볼 수 없겠습니까?"

최종일은 이종찬 고문을 통해 입수한 XF—01의 설계도와 제원을 확인하면서 깜짝 놀랐다.

XF—01은 분명 로우급 전투기가 맞았다.

그렇지만 제원 상으로만 보기에 그 스펙은 자신이 설계를 완성한 KF—21보다 뛰어났다.

물론 두 전투기는 그 목적성이 다르기에 어느 것이 더 뛰어나다고 함부로 이야기할 순 없다.

그래도 비교한다면, SH항공에서 개발한 XF—01이

좀 더 우수한 전투기라 말할 수 있었다.

우선 소형에 단발 엔진임에도 불구하고 XF—01의 무장 탑재 능력이 좀 더 우수하며 항속 거리 또한 훨씬 길었다.

더불어 엔진의 성능이나 연료의 효율이 훨씬 뛰어나기 때문인 것으로 파악되었다.

그렇기에 최종일은 엔지니어로서, 이렇게 뛰어난 전투기를 설계한 사람을 만나 조언을 구하기 위해 SH항공의 사장인 수호에게 직접 요청을 했다.

"그건 불가능하겠습니다."

수호는 바로 거절하였다.

하지만 자신의 부탁을 거절한 수호를 보며 최종일은 당황하거나 화를 내지 않았다.

전투기 설계 기술자는 어느 나라든 최고의 기밀에 속한다.

언제 어느 때, 적대적 세력에 납치되거나 테러를 당할지 알 수 없기 때문이다.

아무리 같은 나라 사람이라고 해도 이건 다르지 않았다.

최종일은 SH항공의 경쟁 회사인 KAI의 엔지니어이기에 굳이 만남을 허락할 이유가 없는 것이다.

"좀 아쉽군요."

수호의 외모가 자신보다 한참이나 어려 보이긴 하지만, 최종일은 절대로 수호에게 반말을 하지 않았다.

연배가 자신보다 어려 보이는, 아니, 한참 차이 나는 조카뻘이라 해도 수호는 한 회사의 대표이고 자신은 경쟁사의 직원이다.

뿐만 아니라 자신이 다니는 회사의 고문이 스스럼없이 대하는 사람임에야 최종일이 함부로 대할 수는 없었다.

"그런데 이 고문님께 듣기론 SH항공에서 전투기 엔진도 직접 개발하셨다고 하던데……."

그게 맞느냐는 듯 최종일이 말끝을 흐리며 물었다.

"예, 맞습니다."

수호는 숨길 것이 없기에 바로 대답해 주었다.

그러자 그 대답에 최종일은 두 눈을 반짝이며 다시 한번 물었다.

"그럼 그 엔진을 저희에게도 판매해 주실 수 있습니까?"

이곳에 오기 전 고문인 이종찬에게 이와 비슷한 이야기를 들었다.

SH항공에서 전투기 엔진을 개발했는데, 그 성능이 상당히 뛰어나다고 말이다.

XF—01의 제원에 나온 성능이 사실이라면, SH항공

이 개발한 전투기 엔진은 하이급 전투기인 F—15K에 들어가는 P&W F100—PW—220과 비슷하거나 더 좋은 엔진이다.

그러니 최종일이 이것을 욕심내지 않을 수 없었다.

물론 전투기 엔진을 교체하는 문제는 엔지니어인 최종일이 하는 게 아니라 KAI의 사장이 결정할 문제다.

하지만 엔지니어의 욕심으로, 자신이 설계한 전투기의 성능이 더욱 향상되는 것을 염두에 두었기에 야기된 것이다.

"물론 적절한 금액을 지불한다면 충분히 가능한 일입니다."

이미 이종찬과 이야기한 부분이기에 수호는 숨김없이 말했다.

"그렇다는 말씀이죠."

수호에게서 KAI가 엔진을 요구한다면 판매하겠다는 답을 들은 최종일은 그렇게 중얼거리곤 어디론가 달려갔다.

"이런……."

갑자기 나가 버리는 최종일의 모습에 이종찬은 당황한 듯 작게 중얼거렸다.

자신이 소개해 주기 위해 데려온 최종일이 작별 인사도 없이 자리를 떠난 것 때문에 황당한 것이다.

또 상대에겐 무척이나 실례되는 행동이었다.

"최종일 박사님은 엔지니어이기보단 학자 같군요."

"허허허."

갑자기 대화하다 말고 사라진 최종일로 인해 수호와 이종찬, 홍진호 세 사람은 허탈한 표정을 지으며 헤어졌다.

＊　　　＊　　　＊

한편, 대한민국이 독자적으로 개발한 4세대 전투기 KF—21 보라매의 출고식에 다녀온 존 슐츠는 새로운 소식을 전해 듣고 깜짝 놀랐다.

그도 그럴 것이, 자신의 손으로 한국에 구형의 전투기 엔진을 협상 조건으로 넘겼다.

물론 의회의 승인을 받고 엔진의 개발사인 GE에 그에 상응하는 반대급부를 주기는 했다.

그런데 그 구형의 엔진을 가지고 불과 1년 조금 넘는 시간에 미국이 보유한 최신형 전투기 엔진에 버금가는 엔진을 개발했다는 소식에 놀라지 않을 수 없었다.

"그게 사실이야?"

"예. 오늘 한국의 신형 전투기 출고식에 참석한 SH항공의 사장에게서 직접 나온 이야기라 합니다."

"음······."

군이 따지자면 자신은 육군이니, 전투기 엔진에 관해 그렇게 걱정할 필요는 없다.

하지만 존 슐츠는 자신이 올린 보고서로 인해 한국에 전투기 엔진을 판매했기에 이 문제가 여간 신경 쓰이지 않을 수 없었다.

"더욱이 SH항공의 사장이 그 자리에서 자신들이 개발한 신형 엔진을 KAI 측이 판매를 요구한다면 그럴 의사가 있다고 했답니다."

군수 지원부 마이크 로벤 대위는 KF—21 보라매의 출고식에서 들은 정보를 그의 상관인 존 슐츠 대령에게 보고하였다.

"그럴 수 있겠지. 하지만 그 소식은 우리 미국의 입장에선 그리 반길 만한 이야기가 아닌 듯하군."

존 슐츠가 심각한 표정으로 말했다.

그의 말대로 미국의 입장에서 한국에 그만큼 강력한 전투기 엔진이 개발되었다는 소식은 결코 좋은 뉴스가 아니다.

아니, 베드 뉴스가 맞다.

"정말이지 이 한국이란 나라는 생각하면 할수록 놀라운 나라야!"

그가 생각하기에 한국은 정말 한순간도 그를 놀라게

하지 않은 때가 없었다.

한국에 온 지 겨우 1년이 넘는 시간에 경험한 이 나라는 감탄이 절로 나왔다.

불편한 것, 꼭 필요한 것 등 한국인이 필요로 하는 것은 어떻게든 기존에 있던 것을 고집하지 않고 개선하여 보다 편리하고 진보된 것으로 만들어 낸다.

그것이 물건이 되었든 보이지 않는 제도가 되었든, 다른 나라는 생각지도 못한 방법으로 이것들을 이루어 낸다.

그런데 이번에도 불가능하다 생각하던 것을 또 한 번 한국인들이 해냈다.

4세대 이상의 최신 전투기 개발의 핵심 기술인 AESA 레이더는 물론이고, 전투기 엔진까지 한국은 어느 나라의 도움도 받지 않고 이를 새롭게 개발했다.

더욱이 그것들의 성능이 자신들이 가진 최신형에 비해 부족하지 않았다.

어느 부분에서는 더 진보된 것도 있다.

다만, 그것들을 제어하는 소프트웨어 부분이 아직 자신들에 비해 뒤떨어져 있기는 하지만, 이도 시간만 주어진다면 충분히 따라잡을 수 있는 정도의 차이다.

만약, 한국의 기술자들이 레이더나 전투기 엔진을 개발하던 속도로 기술력을 향상시킨다면 지금의 격차는 머지않아 따라잡히고 말 것이다.

이런 생각을 하자, 존 슐츠는 한국의 조건을 괜히 들어준 것이 아닌가 하는 생각이 들었다.

〈6권에 계속〉